COUVERTURES SUPERIEURE ET INFERIEURE D'IMPRIMEUR

CAPITAINE LANDREN

1re SÉRIE IN-18.

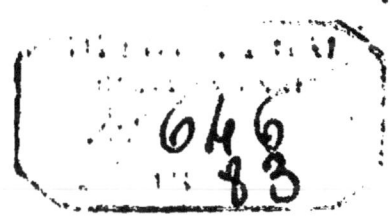

AVENTURES
D'UN JEUNE MARIN

LE

CAPITAINE LANDREN

DANS LES INDES ORIENTALES

PAR P. LAVAYSSIÈRE.

LIMOGES
EUGÈNE ARDANT ET Cie, ÉDITEURS.

INTRODUCTION.

Les événements que nous racontons dans cette deuxième partie (1) se passèrent dans les mers des Indes Orientales, bien des années avant l'application de la vapeur à la navigation. C'était alors le bon temps des pirates indiens. Leurs expéditions se faisaient sur une grande échelle. Dirigées avec ensemble parce qu'il n'y avait qu'un chef suprême, elles causaient au commerce européen des dommages incalculables. Il est impossible à des navires ayant un grand tirant d'eau de poursuivre leurs légères embarcations le long des côtes hérissées de brisants, offrant, dans leurs dentelures, des criques profondes où aucun navire ne pouvait pénétrer. Ces écumeurs de mer, parfaitement organisés, se lançaient de leurs repaires en flottilles nombreuses, dès qu'un navire venait à être signalé, l'entouraient et l'enlevaient à l'abordage. Si le navire paraissait en état de les repousser, ils rentraient dans leurs refuges et attendaient les ténèbres pour le surprendre.

Des populations entières n'avaient pas d'autre pro-

(1) Voir, pour la première partie, les *Voyages d'un jeune Marin.* 1 vol. in-12, chez les mêmes Éditeurs.

fusion : le sultan de Sulo était le grand chef, et tous les princes des îles secondaient les expéditions. La vapeur a mis un terme à ces pirateries. C'est un immense service rendu a commerce européen.

En racontant les aventures d'un marin qui eut presque toujours les pirates malais à combattre, nous avions bien un journal de bord à copier; en conservant la simplicité du style, nous n'avons employé que les expressions marines presque connues de tout lecteur : c'était ôter au style une partie de ce qu'il avait de piquant et d'original; mais, avant tout, il fallait être compris.

Un vrai marin haussera les épaules en nous lisant; mais nous n'écrivons pas pour des marins. Les faits peignent les mœurs de ces pirates, rappellent les dangers que le commerce courait dans ces mers lointaines. L'ouvrage, nous osons l'espérer, offre une lecture instructive et amusante. La jeunesse pourra y trouver une leçon aussi vraie que morale : il ne faut jamais céder à ces entraînements dans un âge où l'on n'a pas encore l'expérience de la vie, et ne pas aller contre la volonté de parents qui pensent et réfléchissent pour leurs enfants. L'histoire du jeune marin est vraie de tous points.

LE CAPITAINE LANDREN.

Entraîné par une inclination que je puis nommer héréditaire, j'avais débuté dans la vie par un coup de tête : la punition ne s'était pas fait attendre : une longue suite de souffrances et de malheurs me firent sentir que la loi a été fort sage en laissant les jeunes gens sous la tutelle de leurs parents jusqu'à l'âge de vingt-un ans. L'école de la souffrance est une rude école ; mais les leçons qu'on y reçoit ne sortent pas aussi vite de la mémoire que celles que l'on reçoit sur les bancs de l'école.

Lorsque je revins auprès de ma bonne mère, la parabole de l'enfant prodigue devint un fait ; je me repentis amèrement d'avoir si longtemps et si douloureusement contristé son cœur. Le jeune homme ne comprend pas assez combien il y a de tendresse dans le cœur d'une mère.

Depuis plus d'un an je restais près de la mienne, m'efforçant de racheter, par une véritable affection filiale, la faute que j'avais commise. C'était avec bonheur que je la voyais reprendre sa gaieté, et j'étais

toujours son petit Paul. Notez que j'avais cinq pieds
trois pouces, les épaules larges du marin, et vigoureuse carrure; mais j'étais toujours le petit Paul de
ma mère, personne n'y trouvait matière de plaisan-
terie; le petit Paul savait se faire respecter: il l'avait
prouvé dès le temps où il allait à l'école. Mais les
goûts avaient changé avec l'âge; si je passais dans
un champ planté de pommiers, quelque tentantes
que fussent les pommes, je ne succombais point à la
tentation. J'étais donc plus mûr qu'on ne l'est à l'âge
que l'on peut fixer, sans craindre de se tromper
beaucoup, entre dix-sept et dix-huit ans. Il me fallait
des distractions, ma bonne mère le comprenait parfaitement; aussi se prêtait-elle, quand elle ne les conseillait pas, à toutes celles qui pouvaient entrer dans
mes goûts. Il faut en excepter celles qui me rappe-
laient la vie de mer. Jamais elle ne m'en parlait, et,
pour me rendre justice, abstraction faite de tout sentiment d'amour-propre, je puis dire que j'évitais
tout ce qui pouvait y avoir rapport, même dans nos
entretiens familiers. Ma mère poussait la prévoyance
à l'excès: nous avions dans notre modeste salon un
très beau portrait de mon père, revêtu de l'unifor-
me de capitaine de vaisseau et décoré de la croix de
Saint-Louis, que tout le monde ne mettait pas sur sa
poitrine; elle parla de le faire rafraîchir: le portrait
ne reparut plus. Il me sembla qu'il y avait un vide
dans ma famille. Je suis bien persuadé que ma mère
éprouva un sentiment analogue, car je vis souvent
ses regards mélancoliques fixés sur la partie de la
boiserie où ce portrait avait été si longtemps suspendu. Je fis semblant de ne pas m'apercevoir de cet
enlèvement: il est certain que ma mère m'en sut gré,
au moins je le crus, et cette croyance me rendit heureux.

La chasse était un de mes amusements favoris. Mon coup d'œil était juste, mon jarret ferme. La réputation de bon chasseur me fut acquise, et notre garde-manger était rarement dépourvu de gibier. Mais, je ne sais par quelle fatalité mes pas se portaient toujours vers la côte; mon gibier appartenait donc toujours à ces oiseaux qui ne hantent que les marais, l'embouchure des rivières et les grèves de l'Océan.

— Petit Paul, me dit un jour ma mère, ces oiseaux ne fournissent que des mets rangés dans la catégorie des mets maigres; est-ce que les champs n'ont plus de lièvres, de perdrix et d'êtres qui se mangent en gras?

— Je chercherai encore, ma mère, et peut-être que je serai plus heureux demain.

Cet *encore* était de trop. Ce n'était pas positivement un mensonge; mais, dans mon intention, il était mis pour donner une entorse à la vérité.

Le lendemain, le petit Paul revint avec une carnassière pleine. Elle contenait un lièvre et deux perdrix. Ma mère m'embrassa sur les deux joues avec une joie non dissimulée, que je compris.

La pêche, dans nos contrées, où le poisson abonde, avait aussi des attraits pour moi; mais ma mère, qui aimait beaucoup le poisson, avait de l'horreur pour tout ce qui venait de l'eau douce ou salée; elle savait que la première va toujours se perdre dans la seconde : elle craignait que le pêcheur d'eau douce n'eût une pareille fin. Pauvre mère! sa tendresse exclusive resserrait le cercle de mes jouissances innocentes, et, sans s'en douter, me tentait pour ce qu'elle me défendait.

Souvent, quand je chassais dans nos landes, entrecoupées de bouquets de bois, je m'asseyais sur une

pointe de rocher et je restais des heures entières dans
une rêverie qui m'absorbait tout entier. Qu'étaient ces
landes, couvertes de bruyères et de quelques chétifs
buissons, où le soleil n'envoyait que des rayons ta-
misés par les nuages, ou n'éclairant qu'une atmosphère grise, comparées à la vigoureuse et gigantes-
que végétation des régions tropicales ! Ces bois, dont
un seul regard embrassait l'étendue, qu'étaient-ils,
comparés à ces vastes forêts dont les arbres lançaient
leurs cimes dans le ciel, que j'avais traversées le
coutelas à la main pour m'ouvrir un passage à travers les lianes qui pendaient des sommets comme les
cordages fleuris des mâts d'un vaisseau ? Toute cette
vie de luttes, de dangers qui tendent l'énergie par
des émois incessants, me revenait à l'esprit, je me rappelais avec bonheur notre cuisine et nos festins ho-
mériques en plein air, la case du bon missionnaire
Gérard ; arrivait le sommeil dans le hamac ; l'idée du
hamac me conduisait à celle du navire, et par une
filiation naturelle d'idées, j'entrais dans la frégate
le *Malouin*, je voyais mon bon lieutenant Mahé.
Tout-à-coup je secouais la tête pour en chasser ces
souvenirs, et je me disais :

— Ma mère est là-bas ; son baiser m'attend. Allons, petit Paul (j'avais aussi cette habitude), il faut
retourner au logis.

Je me levais, je chantais une chanson du bord, et je
retournais vers la maison. Si un lièvre ou une compagnie de perdrix se trouvait à la portée de mon fusil, tout le tort était de leur côté. Je ne pensais point
à eux, ils venaient à notre garde-manger.

Si par distraction, il fallait bien que ce fût distraction, car je savais que cela chagrinait ma mère ; si
par distraction je me rendais sur la côte, c'étaient
bien d'autres émotions, d'autres souvenirs ; mais la

rêverie n'y était pour rien. Mes narines s'ouvraient pour aspirer l'air salin, les senteurs pénétrantes de l'Océan; mes poumons ne pouvaient s'en rassasier. Ma vue devenait avide de l'espace; elle plongeait dans les profondeurs de l'horizon, saisissait les reflets de lumière sur les lames lointaines : mais quand la mer était grosse, quand elle se levait comme un immense troupeau de gigantesques monstres marins qui bondissent à la surface, qui se croisent, se heurtent, s'absorbent, mon émotion devenait telle que je m'asseyais et fermais les yeux : je me sentais fasciné.

Le point de la côte où me conduisait ma distraction était baigné par une mer semée de brisants, d'un accès impossible aux navires qui tiraient quelques pieds d'eau; aussi, ce n'était que dans un lointain, qu'atteignait à peine la vue, que je découvrais les voiles étendues d'un grand navire. Mon regard y restait attaché; je calculais ses dimensions, comptais ses mâts, voyais les cordages, que la distance et leur petitesse rendaient invisibles. J'étais en esprit à son bord, je suivais toutes les manœuvres. L'illusion était si complète que je croyais entendre les commandements du porte-voix, les sifflets des chefs de manœuvre. Oui, tout était sous mes yeux, oui, tous ces bruits remplissaient mes oreilles, et quand la plus haute voile se plongeait dans l'horizon, mes yeux restaient encore fixés sur le point où elle avait disparu.

Souvent une petite barque, sa voile blanche à demi tendue, glissait comme une hirondelle de mer dans les passes, entre les récifs, et me tirait de mon enivrement. Une réflexion salutaire me venait par elle.

— Ces pêcheurs, me disais-je, vont revenir à la côte au tomber du jour. Ils retourneront à leurs demeures avec les fruits de leurs labeurs.; y trouveront-

Ils tous un cœur qui les aime? combien peu y rece-
vront les baisers de leur mère!

Ces réflexions calmaient les bouillonnements de
mon sang, et je me plaignais de ne pas sentir tout
mon bonheur. Arrivé au logis, j'oubliais toutes mes
illusions : ma mère y était.

Si la raison ne disait que la fatalité est un mot
vide de sens, que l'homme est jeté sur cette terre avec
son libre arbitre, je croirais à la fatalité. On va
en juger. Mais la réflexion fait justice de ce blas-
phème.

La saison de l'hiver est rude pour toutes les contrées qui l'éprouvent; elle l'est surtout en Bretagne.
Sous un ciel humide agité par les immenses rafales de
l'Océan, éprouvant un froid rigoureux, inondée de
pluie ou de neige; voilà ce qu'est la Bretagne en hiver. Heureux qui a un toit, un logis bien abrité et le
bois suffisant pour dissiper l'humidité intérieure!
J'avais ce bonheur, mais j'étais habitué à une vie active, j'étais à l'époque où le vague des passions sur-
excite la vie, où il faut occuper son corps et son esprit sous peine d'avoir le *spleen*, cette horrible mala-
die de la vorace Angleterre. On ne peut pas parler
toujours, surtout un jeune homme qui, comme moi,
n'avait connu de la vie que le temps passé sur mer et
en Afrique. Il me fallait une occupation. Un jour, je
furetais dans la maison, ma mère était absente, je dé-
nichai au fond d'une armoire une petite malle pleine
de livres et de papiers. C'était une bonne fortune : je
l'emportai dans ma chambre et l'ouvris.

Ces livres et ces papiers avaient appartenu à mon
père : c'étaient des traités d'arithmétique à l'usage
de la marine ; des observations nautiques écrites de
la main de mon père; enfin des journaux de bord. Je
compris aussitôt qu'il ne fallait pas parler à ma mère

de la razzia que j'avais faite en son absence; il était hors de doute qu'elle avait voulu soustraire livres et papiers à mes regards.

— Voilà de l'occupation trouvée, me dis-je, il faut que je la règle pour ne point chagriner ma mère.

Sa santé, toujours chancelante depuis ma cruelle séparation, la forçait de se coucher de bonne heure, et de se lever tard. Elle veillait le soir un peu pour me tenir compagnie : je l'engageai à reprendre ses habitudes, et je me retirais dans ma chambre. Ma bonne mère croyait que je profitais de l'heureux privilège qu'a la jeunesse de ne faire de la nuit qu'un somme, et dormait sans se douter de la manière dont j'employais les soirées et les matinées.

Les manuscrits de mon père furent les premiers : les connaissances déjà acquises dans mon premier voyage ne suffisaient pas pour que je pusse bien les comprendre : il fallait être plus instruit en mathématique que je l'étais. Je pris la résolution de m'appliquer avec ardeur à cette étude. Les traités élémentaires furent compris; je les rédigeai ensuite moi-même, et comparai ma rédaction avec celles de l'ouvrage. Ce mode d'études me réussit. Souvent la nuit entière était employée à ces travaux, et, si je me levais tard, c'est que la nature avait aussi réclamé ses droits.

— Mon bon petit Paul, me dit ma mère un matin, tu n'es pas bien portant; tes paupières sont rouges, ton visage est pâle; tu n'as pas dormi, mon enfant?

J'avais effectivement passé une partie de la nuit à étudier, car si les mathématiques offrent de l'aridité au début, elles sont absorbantes dès qu'on y a pris goût; je m'acharnais à leur étude, et j'y trouvais ce plaisir froid, concentré, qui donne à l'extérieur cette expression peu gracieuse de concentration que l'on remarque chez tous les vrais mathématiciens.

Je ne sais quelles raisons je donnai à ma mère pour m'expliquer la rougeur de mes paupières et la pâleur de mes joues; elle parut s'en contenter. J'étais trop absorbé pour remarquer les regards furtifs et inquiets qu'elle jetait de temps en temps sur moi. Sa santé dépérissait sensiblement; tous nos amis s'en apercevaient; j'étais le seul aveugle, et quand on m'en parla, j'en parus aussi étonné que si j'arrivais de l'autre monde. Ma tendresse filiale s'alarma: j'observai, et je reconnus avec douleur que les observations de nos amis étaient justes. Ma seule préoccupation fut dès lors pour la santé de ma mère; l'hiver touchait à sa fin, j'eus l'espoir que les jours doux et embaumés du printemps agiraient sur son organisme, et qu'elle reprendrait des forces. Durant le jour, je lui faisais faire de petites excursions dans le jardin, je la conduisais chez nos amis les plus proches, je m'ingéniais pour trouver des distractions agréables: elle le sentait avec son cœur de mère, mais ses paroles n'étaient plus caressantes comme autrefois, elles étaient empreintes de mélancolie, et souvent, quand elle me baisait le front, ou passait ses doigts dans mes longs cheveux, ses paupières se mouillaient de larmes.

— Tu es comme ton père, mon petit Paul; quand je te regarde, tu me le rappelles à l'âge de dix-huit ans. Ce fut à cette époque que je le connus: il avait ton front haut et large; et elle écartait mes cheveux de sa main, ma bonne mère, et elle me mettait un baiser sur le front. Ton regard est son regard; je crois pourtant que le tien est plus doux. Il m'aimait, ton père, et toi, mon Paul, tu m'aimes; tes yeux ne me trompent point. Quand j'appris la fin si malheureuse de ton père, je crus que la vie allait m'abandonner; tu étais encore bien petit; tu jouais dans le jardin. J'entendis ta voix; tu vins à moi; je pleurais, tu m'entouras de tes petits bras et tu pleuras. Cependant tu ne pouvais pas encore comprendre l'étendue de notre perte. Je t'embrassai, mon enfant, et je me sentis le courage de vivre.

En me parlant ainsi, ma mère pâlissait : je la pris dans mes bras, elle mit les siens autour de mon cou et me dit avec une expression de tendresse ineffable :

— Paul, mon enfant chéri, nous nous réunirons dans un monde meilleur. Je ne demande à Dieu que cette réunion... je n'envie pas d'autre bonheur : Landren, Paul et moi, unis dans l'éternité par un amour éternel...

Elle s'évanouit.

Je sentis le frisson parcourir tous mes membres, puis une énergie qui ne s'était jamais réveillée en moi. Il me sembla que je pouvais lancer des jets de vie sur le corps inanimé de ma mère; ma main se posa sur son cœur, et certainement mon regard fixé sur son visage pâle, sur ses yeux clos par ses paupières pâles, la ranima : je vis le sang colorer lentement ses lèvres, ses paupières se remuer doucement et s'ouvrir, son œil me jeter un regard si plein de tendresse que je tombai à genoux auprès de sa couche, et pressai ses mains sur mes lèvres. Je ne pus lui parler. Elle s'assit sur le lit, approcha ma tête de ses genoux et la serra doucement. La vie était revenue, mais l'émotion profonde durait encore. Nous restâmes ainsi quelque temps. Ma mère me dit :

— Lève-toi, mon Paul, je me trouve mieux. Tu es un bon fils.

La vie s'éteignait en ma mère; il n'était plus possible de me faire d'illusion. Les études furent abandonnées; je n'eus plus d'autres soins que pour ma mère. Je ne voulais pas perdre un instant du bonheur de la voir, de la toucher, de la servir. Quand elle paraissait heureuse de mes caresses, j'étais heureux aussi ; mais ce bonheur était troublé par cette pensée : Je la perdrai bientôt.

Elle avait toujours eu une douce piété ; je lui lisais les Évangiles et l'Imitation de Jésus... quand elle était en état d'entendre cette lecture.

— Nous tenons trop fortement à la terre, me dit-elle un jour, puisque nous pouvons espérer une meilleure existence. Ce qui me console, mon Paul, c'est que nous y retrouverons tous ceux que nous avons aimés dans cette vie. Mais je me désole, malgré ma résignation à la volonté de Dieu, en songeant que tu resteras seul, mon Paul chéri et bien-aimé...

— Tiens, ajouta-t-elle un instant après, je crois que mon âme sera toujours autour de toi ; je crois que celle de ton père descend souvent du ciel pour nous voir, nous aimer et nous protéger. Dieu aurait-il mis tant d'amour au cœur de l'homme pour qu'il s'éteignît avec la vie !...

Puis elle ajouta, mais sa voix descendit à un ton si bas que je fus obligé de m'approcher pour l'entendre :

— Mon petit, il faut que je te fasse cette confidence : j'ai encore revu l'âme de ton père, comme elle m'était déjà apparue à l'heure même où son corps descendait dans les profondeurs de l'Océan ; mais elle n'était pas pâle et le front chargé de tristesse, comme la première fois : son front rayonnait ; ses yeux, d'une ineffable douceur, me pénétraient de sa tendresse. Il y a cinq jours depuis cette nuit ; tu dormais à côté de mon lit ; ses mains se sont suspendues sur moi, puis sur toi, mon Paul. J'allais pousser un cri ; l'âme de ton père s'est évanouie : plus calme, j'ai élevé mon âme vers Dieu ; je l'ai prié de te donner la force de vivre, de me réunir à ton père afin que nous venions ensemble te visiter ici-bas.

Je compris que les approches de sa fin avaient exalté l'esprit de ma mère, et qu'elle n'était plus sur la terre que pour moi. Ma souffrance était au-delà de toute expression.... Je n'ai pas, en ce moment, le courage de continuer ce récit.

II. — Visite du père Mahé. — Son séjour. — Sa conversation. — Mort de madame Légonidec. — Paul Landren retourne à la mer. — Aventures.

Depuis un mois, ma mère, la bonne et sainte mère, avait été rejoindre mon père : je restais seul, recevant les consolations de nos anciens amis et de tous les habitants habitués à respecter ma famille. Ma demeure était vide : la vieille servante Jeannette pleurait avec moi. Mon existence était digne de pitié. Cette perte me mûrit avant le temps : en jetant les yeux autour de moi, je compris mieux ma solitude, mon isolement dans la société. Ma mère avait vécu pour moi, j'avais vécu pour elle ; aucune liaison ne s'étendait au-delà de notre seuil, car je ne nomme pas liaison les rapports que la société établit entre les personnes qui habitent le même endroit. Il me fallait une occupation, une profession ; mon goût naturel m'entraînait vers la mer : le seul obstacle qui s'y opposait n'était malheureusement plus. Je repris mes études, mais l'ardeur n'était plus la même. Une circonstance vint les raviver.

Un matin je déjeunais tristement, comme je le faisais depuis que la place de ma mère était vide à ta-

ble; un matin j'entendis le bruit d'une carriole qui
s'arrêtait à ma porte.

— On te demande, Paul, me dit Jeannette.

Je me rendis sur le seuil, où venait d'arriver, clo-
pin-clopant, un gros homme à la chevelure blanche,
au teint rubicond.

— C'est bien ici que demeure Paul Landren? me
dit-il.

Je le regardai une seconde fois et je reconnus le
père Mahé, que je n'avais pas revu depuis mon retour,
parce qu'il était allé vivre chez son gendre, dans les
environs de Dol.

Je voulus savoir si le père Mahé me reconnaîtrait;
je lui dis :

— C'est ici qu'habite Paul Landren; donnez-moi le
bras et entrez; vous êtes sans doute une de ses connaissances?

Il me regarda en levant la tête; le brave homme
était tout courbé. A l'aide de mon bras, il parvint
dans le petit salon. Je lui offris le meilleur siége.
Quand il fut installé, il me regarda attentivement,
puis me dit :

— Ah! çà, qui êtes-vous donc ici, vous qui me faites les honneurs de la maison? pourquoi le garçon
ne vient-il pas recevoir le vieux Mahé? est-ce qu'il
n'y est pas? Pauvre petit! il a fait une fameuse perte!

J'approchai ma chaise, me plaçai devant lui, et prenant ses deux mains dans les miennes, je lui demandai :

— Père Mahé, vous ne me reconnaissez donc pas?
je suis Paul Landren.

Le pauvre vieux se souleva péniblement sur son
fauteuil, me tendit les bras, et s'écria :

— La vieillesse me rend imbécile, mais le cœur n'a
pas changé.

Il m'attira à lui, et me donna une rude accolade.

— Ah! petit Paul, comme tu as grandi, mon garçon. C'est bien vrai que c'est toi; tu ressembles à ton père; et j'ai pu ne pas te reconnaître tout d'abord!... Oh! la vieillesse!... J'ai appris ton malheur, mon garçon, et, malgré la goutte, les rhumatismes et cent autres infirmités, j'ai voulu mettre le cap vers ton mouillage... Pauvre garçon! une si bonne mère!... Mais nous devons tous y passer, jeunes et vieux, un coup de vent nous emporte à l'autre bord... N'en parlons plus... je crois que tu as envie de pleurer.

Il y eut un instant de silence.

— Père Mahé, j'étais en train de déjeuner quand vous êtes arrivé; venez, nous déjeunerons ensemble. Ma maison est la vôtre, Mahé, tant que j'aurai le bonheur de vous posséder.

— Comme son père, dit le vieux Mahé, se parlant à lui-même; cœur sur la main pour les amis.

Puis, plus haut :

— Je venais pour déjeuner avec toi, mon garçon, pour te demander le couvert à table et au lit. Allons déjeuner.

Il marchait difficilement; je l'aidai à se rendre à la cuisine, car, depuis la mort de ma mère je mangeais à la cuisine pour ne pas donner trop d'embarras à la vieille Jeannette. Si le père Mahé marchait difficilement, il n'en était pas ainsi pour le manger : je pus admirer son appétit et la manière toute juvénile avec laquelle il portait son verre à ses lèvres.

— Le coffre est bon, me dit-il; c'est ce qui me reste de mieux : les voyages, les prisons en Angleterre, Dieu confonde les scélérats, dit-il en frappant sur la table, tout cela, vois-tu, mon garçon, a ruiné ma vieille carcasse! Mais tu manges comme un moineau, Paul; tu as pourtant déjà couru les aventures, ce gail-

lard d'Yvonnet m'en a dit quelque chose. Sais-tu qu'il
est un personnage, Yvonnet? maître canonnier sur un
navire de l'État, pas moins que cela, mon garçon.

— Je l'ignorais, père Mahé, et je l'apprends avec
plaisir : Yvonnet est un bon matelot; s'il avait un
peu d'instruction, il obtiendrait un tout autre avan-
cement; mais pourquoi ne me parlez-vous point de
votre neveu, le lieutenant Pierre Mahé? Je lui garde
souvenir et reconnaissance; il a été pour moi un véritable père.

— Je te réservais le lieutenant mon neveu pour le
dessert. Oh! celui-là file fièrement son nœud; sais-tu
qu'il commande une corvette dans la mer des Gran-
des-Indes, une corvette armée en guerre, et qu'il a
mission de donner la chasse aux pirates malais?

— Cette nouvelle me réjouit, père Mahé, quoiqu'elle
arrive avant le dessert. Parlez-moi bien au long de
votre neveu; c'est un bon cœur, un marin instruit.

— Ajoute, mon garçon, qu'il n'a pas de meilleures
dispositions pour les Anglais que moi, son oncle Jac-
ques Mahé, et tu auras fait son éloge au complet.

— Il y a longtemps que vous avez reçu de ses nouvelles?

— Non, mon garçon; c'est l'an dernier qu'un matelot du *Malouin* qui vint au pays m'apporta un bout
de lettre de lui. Ce matelot, mais tu dois le connaître,
Paul, il était maître d'équipage l'année où tu t'em-
barquas à bord du *Malouin*, c'est Gilles Corriquel...

— Je me le rappelle parfaitement père Mahé; est-il
resté au pays?

— Lui, rester sur le plancher aux vaches! ah! par
exemple! Il est venu au monde dans une barque de
pêcheurs; il fut moussaillon dès qu'il put l'être, et
depuis, il a fait fête dans les ports, mais jamais long
séjour à terre; s'il nous est venu, c'est que *le Malouin*

était en réparation à Brest. Il est maintenant dans je ne sais quel parage, sur le même bord.

— Vous ne m'avez point encore parlé de mon ancien, je devrais dire mon premier commandant.

Le front joyeux de Mahé se rembrunit; il me dit d'un ton triste :

— Mort, mon garçon, mort au champ d'honneur comme ton brave père; tué, comme lui, par un boulet anglais !

Ces deux souvenirs évoqués à la fois me remplirent le cœur de tristesse. Ma tête se courba. Je ne répondis point, et la conversation n'aurait pas été reprise de sitôt si le père Mahé n'eût ajouté :

— Cela nous attriste tous deux, mon garçon; nous avons tort. Que faisons-nous ici-bas? je n'en sais vraiment rien; mais ce que je sais bien, et même très bien, c'est que nous y avons des devoirs à remplir, et que quand nous nous sommes bien acquittés de notre tâche, quand nous mourons en l'accomplissant, notre mort est toujours enviable. Le marin appartient à la mer, sur laquelle se débattent aussi les intérêts, et souvent les destinées des nations : il se doit à son pays, aux intérêts et à la gloire de son pays, et quand il tombe à son poste, quand il descend dans le profond tombeau des marins, dans les abîmes de l'Océan, en compagnie de deux boulets, on doit dire :

— Il est mort à son poste ! sa fin est enviable.

Je puis rapporter à peu près les paroles du père Mahé, mais il m'est impossible de peindre l'expression de son visage, de donner une idée de la solennité de son ton et de son attitude.

Ce vieillard, presque privé d'instruction, me parut grand par l'âme et par le cœur : il avait trouvé des pensées et des expressions que je n'aurais pu attendre de lui. Il se tourna brusquement vers le portrait de mon père, qui avait repris sa place, le regarda quelque temps en silence ; puis, m'adressant la parole presqu'à voix basse, il me dit :

— Paul Landren, j'ai là un remords qui ne s'éteindra qu'avec la vie. (Il porta la main sur son cœur.) Je serai mis en terre dans un cimetière de campagne, moi, fils et arrière-petit-fils d'un marin !

Il était vraiment affligé, son ton et son expression ne mentaient point, d'être destiné à une tombe terrestre.

— Père Mahé, vous avez dignement, honorablement rempli votre tâche.

— Non, Paul Landren, non, mon garçon ; un Mahé doit mourir à son poste.

Puis, après un instant de réflexion, il ajouta :

— Mais je ne suis plus bon à rien... je ne puis plus vivre que pour moi.

Notre déjeuner se continua, et quoique le père Mahé eût bu pour chasser les regrets, quoiqu'il eût prié les vents de les emporter comme des débris de voile, son visage conserva une teinte de tristesse, sa langue fut moins agile et la conversation languit.

En nous levant de table, le père Mahé s'approche du portrait de mon père.

— Je le vois mieux dans cette position, me dit-il. Je ne t'ai jamais raconté dans quelle circonstance je fis la connaissance de ton père, mon garçon ; sa vue me l'a rappelé.

« J'étais un tout petit rien du tout, ce qu'on appelle un moussaillon, à bord d'un navire marchand ; ton père, jeune aspirant, se trouvait sur le brick *la Sainte-Anne-d'Auray*. Nos deux navires se tenaient dans le port de Saint-Malo, mon navire marchand pour compléter sa cargaison, et le brick de ton père pour pincar les mouches anglaises qui se donnaient le ton de venir voler très près de nos côtes et inquiéter le cabotage français.

» Je passais sur la jetée avec un camarade.

» — Hé! Mahé, qu'il me dit, ne penses-tu pas comme moi? n'aimerais-tu pas mieux servir à bord de ce joli brick que sur notre marchand de toile et d'autres pacotilles?

» — Si fait, Méreau, que je lui répondis; mais c'est de la marine royale, ce brick, et nous ne sommes pas de l'étoffe dont on fait les matelots de la marine royale...

» Une main se posa sur mon épaule : c'était celle de ton père, mon garçon.

» — Tu te nommes Mahé, petit? qu'il me demanda.

» — C'est mon nom, mon officier, pour vous servir !

» — Es-tu le fils de Laurent Mahé, le gabier chef de la *Sainte-Anne-d'Auray* ?

» — Non, mon officier; l'oncle Laurent est le frère de mon père.

» — Tu voudrais bien servir à bord de ce brick?

» — Pas possible, mon officier, je suis dans la marchandise; engagé pour un an. Sans cela, et si on m'en jugeait digne...

» Ton père sourit et me dit :

» — Tu viendras ce soir à notre bord, ainsi que ton camarade. Arrange-toi en conséquence.

» Il accommoda l'affaire avec le capitaine marchand, et, le soir même, je me trouvais installé où l'on installe les novices, comme je paraissais l'être. L'oncle Laurent fut presque aussi content que moi, et fit ses recommandations pour que je fusse traité rondement.

» — Il faut qu'il soit bon matelot, puisqu'il a déjà

l'honneur et l'avantage de servir sur un navire de la marine royale, disait-il. »

— Voilà comme je fis connaissance avec ton père, mon garçon. Tu vois que je ne l'ai pas oublié.

Le père Mahé passa deux jours sous mon toit, me raconta les exploits de mon père, qui s'était élevé de grade en grade jusqu'à celui de capitaine de frégate. Il terminait toujours ses histoires par ces mots : « Le capitaine Landren fut un fier homme de mer : il haïssait cordialement les Anglais, et ne laissa passer aucune occasion pour le leur prouver. »

Il avait fixé son départ au lendemain ; nous étions à table ; il paraissait se recueillir : je m'attendais à une nouvelle histoire ; sa mémoire était, à ce sujet, inépuisable.

— Paul, me dit-il gravement, tu as perdu ta mère, c'était une bonne et sainte mère, mon garçon. Ce fut un grand malheur pour toi, pour moi qui l'ai connue, pour tous ceux qui ont eu cet avantage, c'est-à-dire ce bonheur. Telle a été la volonté de Dieu, mon garçon ; nul ne peut s'y soustraire. Te voilà seul, sans profession ; tu es jeune, tu es grand, tu es fort ; il ne peut se faire que la mâle énergie des Landren soit éteinte en toi ; non, Paul, cela ne se peut pas. Fils, petit-fils, arrière-petit-fils de braves marins, tu dois aspirer à la mer... c'est la mère de ta famille depuis des siècles, et c'est elle qui les a tous recueillis après leur mort. Peux-tu mentir à ta race, renier ton sang ? Non, Paul Landren ; non, je ne le crois pas, cela n'est pas possible. Il faut que tu ailles rejoindre mon neveu Pierre ; ton père fut son protecteur ; il sera le tien. Ce sera un échange de bons services.

Il s'arrêta, me regarda avec anxiété. Je le rassurai bien vite.

— Père Mahé, ce que vous me proposez, je l'avais

résolu dès l'instant où vous m'avez appris que le lieutenant Pierre Mahé commandait un navire de guerre.
Il me faut quelque temps pour mettre ordre à mes affaires, et pour assurer ma traversée. Nous nous ver-
rons avant mon départ. Il me faut la vie du marin,
les dangers qu'il court, les émotions qu'il éprouve, la
terre ne me retient plus depuis que j'ai perdu celle
qui m'y rattachait.

Le père Mahé se leva, me saisit dans ses bras avec
une joie convulsive.

— Je savais bien que le sang des Landren coulait
dans tes veines; oui, Paul, je le savais bien. Va, mon
fils, tu porteras dignement le nom de ton père!

La présence du père Mahé, ses discours, avaient
apporté une grande distraction à la triste monotonie
de mon existence, depuis que j'avais eu le malheur
de perdre ma mère. Son départ me fut sensible, mais
il me laissait la tête pleine de projets; il m'avait ramené à ma nature; il m'avait donc fait du bien. Une
autre distraction, mais celle-ci fut douloureuse, me
vint de Rennes. Ma tante Légonidec, veuve depuis
peu de temps, avait suivi son mari dans la tombe.
Mon oncle l'avait faite son héritière; ma tante me
laissait toute sa fortune : sans être considérable, elle
pouvait suffire à l'ambition d'un homme moins tour-
menté que moi, et qui eût préféré une vie paisible et
honorable aux dangers et aux allèchements de la vie
du marin.

Il fallut me rendre à Rennes; quoique mes droits
fussent nettement établis, je ne sais comment cela se
fit, les gens de loi trouvèrent le moyen de se fourrer
dans mes affaires, et de devenir aussi les héritiers de
ma tante Légonidec.

De retour chez moi, je me rendis à Saint-Malo, pris
des renseignements sur les mouvements du port et

appris que *le Rapide*, navire de 600 tonneaux, était
en charge, à la destination de l'Ile de France. Je
complétai son chargement à mon compte : tout ce que
j'avais recueilli de la fortune de ma tante y fut employé. Je me trouvais donc en qualité de passager et
d'intéressé dans le chargement.

Malgré ma jeunesse, le principal marchand me proposa pour remplir les fonctions de lieutenant ; ses
associés m'agréèrent, et me voilà une seconde fois
lancé sur l'Océan, avec l'espoir d'une meilleure fortune que lors de mon premier voyage.

La France était en paix avec l'Angleterre et la
Hollande ; malgré cela, j'insistai pour que le navire
fût armé de dix canons de plus et eût les munitions
nécessaires. L'équipage était nombreux et bien choisi ;
le capitaine Morand commandait depuis plusieurs
années *le Rapide ;* il connaissait les qualités et les dé-
fauts de ce navire abondamment pourvu.

Les côtes de France, celles du Portugal et de l'Espagne, qui reçoivent les coups de vent de la mer
Atlantique, et qui, d'un autre côté, sont bordées de
brisants, ne nous offraient point une navigation sûre ;
nous gagnâmes le large, et malgré quelques bour-
rasques, plusieurs coups violents de vent et une
grosse mer, le navire n'éprouva aucune avarie jusqu'à
la hauteur du détroit de Gibraltar. Durant la nuit, un
courant sous-marin nous rapprocha des terres ; au
point du jour, nous découvrîmes au sud-sud-est un
promontoire. C'était la pointe du continent africain.
La barre du gouvernail fut aussitôt changée ; nous
portâmes plus au large : les pirates d'Alger, de Tunis
et de Tafilet infestaient ces mers. Le vent nous était
contraire ; il venait, assez vif, de l'ouest ; le navire
gagnait lentement la haute mer, et la terre nous restait toujours en vue.

Une voile se dessina à l'est. Après examen, le capitaine pensa que c'était un corsaire algérien. Bientôt le navire, en montant à l'horizon, nous étala, nous montra des mâts aigus, une voilure immense dans les basses parties.

— C'est un Algérien, Landren, me dit le capitaine; il gagne sur nous.

A l'aide de la lunette nous pûmes compter le nombre de ses sabords. Ce corsaire portait vingt canons.

— Il marche mieux que nous, Landren; c'est un de ces navires allongés qui ont peu de tirant d'eau. Ses batteries sont rasantes : ces gens-là ont toujours d'autres pièces au-dessus des ponts. Il faut prendre chasse.

— Il nous atteindra avant quatre heures, capitaine. Laisserons-nous ces forbans s'emparer de notre navire?

— Je les ai rencontrés d'autres fois, et vous voyez que *le Rapide* est encore sous mes pieds. Faites venir Jean Daligault (c'était le chef timonier), et veillez à ce que toutes les voiles flottent au vent, que nos canons soient chargés à mitraille jusqu'à la gueule, et que tous les hommes qui ne sont pas strictement nécessaires à la manœuvre se tiennent sur le pont et soient fournis de cartouches. Vous allez voir, Landren, comme le vieux Morand renouvellera connaissance avec les corsaires d'Afrique. Qu'on ferme les sabords, une ration d'eau-de-vie à l'équipage, et filons tranquillement notre nœud.

Après un court entretien avec le chef timonier, le capitaine reprit sa longue-vue et observa la marche du corsaire. Il pouvait être à trois ou quatre milles de distance, à la même hauteur que nous, mais il coupait obliquement et se portait sur nous en avant vers le sud.

Quel fut mon étonnement quand je vis qu'on diminuait de voiles; que le navire avait une marche incertaine, comme si la manœuvre ne pouvait s'y faire régulièrement. Je courus en prévenir le capitaine.

— Oh! jeune homme, me dit-il, vous paraissez bien surpris; croyez-vous que le vieux Morand ait perdu son temps sur mer? Faites exécuter mes ordres; vous paraissez avoir du cœur et du sang-froid, laissez les pirates arriver à demi-portée.

Je commençai à comprendre son plan, et me hâtai de faire exécuter ses ordres. Notre pavillon n'était pas hissé : les pirates ne respectent que celui du plus fort; et nous étions les plus faibles. Pour quiconque n'eût pas connu le plan du capitaine Morand, il eût été évident que son navire était mal gouverné et que les corsaires n'auraient qu'à passer sur son bord pour s'en emparer. Je ne puis mieux comparer sa marche qu'à celle d'un homme ivre. Sa distance diminuait; encore un peu, et nous allions nous trouver à la portée du boulet. *Le Rapide* tourna lentement et présenta son avant au corsaire. Celui-ci tira un coup de canon à boulet : le projectile ricocha à quelques toises de babord.

— Ce n'était pas mal pointé, me dit froidement le capitaine; mais c'est mal, puisque c'est de la poudre et un boulet perdus... Ils commandent d'amener... oui, Landren, nous allons amener; n'oubliez pas un mot de mes ordres.

Le peu de gens laissés à la manœuvre parut occupé à carguer les voiles; mais la besogne se faisait lentement. Le corsaire mit à la mer deux grandes chaloupes : elles étaient chargées d'hommes et avançaient, l'une à tribord, l'autre à babord. Je pouvais distinguer les faces ardentes des pirates. Une partie de l'équipage était couché sur le pont et ne pouvait être vu.

Trois coups de sifflet retentirent sur *le Rapide* : il tressaillit une ou deux minutes, tourna sur lui-même, et présenta le flanc à la chaloupe de droite, l'avant au navire et le bâbord à la seconde chaloupe. Au même instant, le pavillon blanc de la France se déroula au haut du mât, et deux effroyables bordées à mitraille vomirent la mort sur les chaloupes; une fusillade roulante leur succéda avec rapidité. Une seconde bordée acheva la déroute des embarcations des pirates.

Tout fut si subit, si imprévu, que le navire corsaire n'eut pas le temps de nous envoyer une bordée. La surface de la mer offrait un effrayant spectacle : des débris, des turbans, des bras, s'élevaient au-dessus de la vague, luttant contre l'abîme qui les attendait.

Alors nous vîmes un trait de lâche inhumanité dont les pirates peuvent seuls donner l'exemple. A peine cherchèrent-ils à sauver ceux des leurs qui s'efforçaient de nager vers leur navire; toutes leurs voiles furent tendues et ils prirent la fuite.

— Ne recueillez pas ces forbans, dit le capitaine, c'est rendre un service aux nations civilisées que de les détruire : le navire nous échappe, parce que nous ne pouvons pas le suivre; qu'on lui envoie une bordée d'adieu !

J'avais été chargé de diriger la fusillade et de repousser l'abordage si la mitraille ne réussissait pas. Je n'eus pas à remplir cette dernière mission, les deux chaloupes avaient été littéralement criblées, et nos coups de fusil ne furent dirigés que sur ceux que la mitraille avait épargnés. Pour compléter la destruction, le navire se porta au point où flottaient les débris. Accroché à un banc de rameurs, nous vîmes un turban s'agiter, puis une figure effrayante. Un des hommes l'ajustait déjà. J'abaissai le canon de son fusil : le coup n'atteignit point le malheureux, qui luttait contre la mer.

— Capitaine Morand, m'écriai-je, accordez-moi la vie de cet homme !

— Soit, Landren ; et grand bien vous en advienne !

Je lui fis jeter un bout de grelin. A l'instant où il le saisissait, son regard se croisa avec le mien ; non, jamais je n'avais vu, et n'ai vu depuis, des yeux plus largement ouverts et plus remplis d'épouvante. Ce regard me perça comme un dard. Quand il arriva sur le pont, il s'affaissa sur lui-même et tomba évanoui. Personne ne se disposait à le secourir ; je le relevai et l'appuyai contre le bastingage. Une cuillerée de rhum le ranima ; il jeta autour de lui des regards effarés : je me trouvais seul auprès de lui. C'était un homme de haute taille, vigoureusement constitué. Son visage avait l'ovale oriental, cependant il était Grec d'origine. La pitié se lit dans les yeux : il la trouva dans les miens et parut se rassurer. Il ne comprenait pas le français ; aucun homme de l'équipage ne comprenait sa langue. Je le fis conduire dans ma cabine et l'installai dans le petit compartiment qui se trouvait à côté ; puis j'allai rejoindre le capitaine.

Tout l'équipage activait la manœuvre, et le navire reprenait sa route sous l'influence d'une forte brise du nord. Le vieux Morand arpentait le pont en se frottant les mains l'une contre l'autre ; il était enchanté de sa journée, et il avait raison de l'être.

— Holà ! hé ! Landren ! venez donc recevoir mes compliments ; pour un coup d'essai, jeune homme, vous vous en êtes bien tiré. Je vous voyais de mon banc ; vrai, Landren, vous avez l'âme d'un marin. Votre feu était nourri, vous avez descendu un grand gaillard qui se tenait à l'avant de la première barque : la mitraille ne l'avait pas atteint, mais votre balle, Landren, votre balle lui a donné un passeport pour l'autre monde. A propos, Landren, qu'avez-vous fait de votre Moïse?

— Vous voulez me parler de l'Algérien, capitaine? Il est dans votre cabine.

— Après la compassion, l'hospitalité; vous valez mieux que moi, Landren, car il faut être humain. Je ne l'aurais pas épargné, plus qu'il ne m'eût épargné si j'étais tombé en son pouvoir. Maintenant, je vous approuve; mais l'avez-vous fouillé, au moins? Ces pirates ont toujours la ceinture garnie de sequins et de quadruples. Il est votre prisonnier, cela vous appartient. Mais *motus*... l'amour du gain éveille de mauvaises pensées.

En rentrant dans ma cabine, je trouvai celui que le capitaine nommait mon Moïse étendu sur le plancher. A ma vue, il se leva, me présenta ses pistolets, une longue et large dague. Ces armes étaient richement damasquinées. Il dénoua sa ceinture et me la présenta aussi. J'en fis l'inventaire : elle renfermait beaucoup de pièces d'or, et une toute petite boîte en argent. Il fit jouer un ressort; elle s'ouvrit; trois gros diamants me jetèrent alors leurs étincelles; à côté, un chapelet de perles fines était enroulé sur lui-même. Je ne compris pas la valeur de ces richesses, mais je fus ébloui de leur éclat. Après avoir admiré les diamants et les perles, je refermai la boîte et voulus la lui rendre; il se recula et me fit entendre des paroles que je ne comprenais point. Il s'en aperçut, et, avec les gestes les plus expressifs, il étendit les bras et imita les mouvements de l'homme qui nage ou de l'oiseau qui vole. Son intention était-elle de me rappeler que je l'avais sauvé, ou voulait-il me faire entendre qu'il voulait être libre comme l'oiseau? L'incertitude me resta.

Je serrai donc la petite boîte et les pièces d'or, et fis part de mon aventure au capitaine.

— C'est la pêche miraculeuse, Landren; vous jouez de bonheur, mon ami. Dame fortune vous prend sous sa protection : usez noblement de ses faveurs. Mais qu'allez-vous faire de votre pirate?

— Le nourrir, si vous le permettez, capitaine; l'employer, s'il est bon à quelque chose, et m'en débarrasser au premier port où nous ferons relâche.

— Voilà les jeunes gens, me dit-il en riant; ne voyez-vous pas que vous avez en votre pouvoir un riche corsaire : les armes et les richesses qu'il portait sur lui le prouvent. Eh bien! Landren, vous pouvez en tirer une riche rançon, et vous lui ferez rendre à un chrétien ce qu'il a volé à des chrétiens.

Aucune de ces pensées ne m'était venue : le capitaine me sembla avoir raison. Mais je songeais peu à moi; je pensai que je pourrais échanger mon prisonnier contre des esclaves chrétiens; mais où? mais quand? il fallait, en attendant, qu'il vécût; je lui fis porter de la nourriture.

Notre navigation se continuait assez heureuse. Nous passâmes la pointe du cap de Bonne-Espérance, trouvâmes les moussons favorables, et atteignîmes l'île de France. La santé du capitaine Morand s'était altérée. Ce brave marin, qui s'était élevé de simple mousse au grade de capitaine dans la marine marchande, avait un défaut capital : il buvait avec excès des liqueurs fortes, et rarement il se jetait le soir dans son hamac sans avoir la tête troublée par la boisson.

Ma première campagne, mes études, et les leçons que je recevais chaque jour de lui m'avaient mis en état de diriger le bâtiment : tout concourait à faire de moi un marin. Quand nous arrivâmes au port Louis, le capitaine était alité depuis trois jours. On le débarqua et il fut confié aux médecins de l'île, qui l'expédièrent en quelques jours. Ce fut pour moi une grande douleur; l'équipage la partagea, et je me trouvai chargé de la direction du navire à son retour.

Nous nous étions avantageusement débarrassés de notre chargement, grâce à nos correspondants. Il s'agissait de prendre des marchandises en retour. Sous ce rapport, l'île de France ne nous offrait pas ce qu'il fallait à des gens dont le commerce est le but et la seule profession. Il y avait dans le port deux autres navires français qui se proposaient de prendre un chargement pour Batavia et de revenir ensuite chargés de marchandises des Indes. Leurs navires étaient d'un moindre tonnage que le mien, qui avait en outre assez d'artillerie pour le faire respecter des pirates indiens. Ils eurent le talent de me persuader; je pris une cargaison et me mis en mer avec eux pour la destination de Batavia.

Mon nouveau poste mûrit mon esprit : je me livrai à l'étude de ces mers, et, les dispositions naturelles aidant, je me trouvai à la hauteur de mes fonctions. Mon prisonnier avait appris assez de français pour communiquer avec moi, et je vis, avec satisfaction, qu'il était marin consommé. Nos trois navires voguaient de conserve. Les vents alisés nous avaient pris sous la ligne : on sait que leur direction est constante pendant un certain temps. Tout nous faisait donc espérer une traversée heureuse.

Plusieurs navires en retour des Indes nous accostèrent et nous prévinrent que la mer était infestée des prauhs des pirates. Ce sont de longues embarcations armées de quatre à six petits canons, tirant peu d'eau et à peine visibles quand elles nagent avec les rames. Ces embarcations sont montées de vingt-cinq à trente hommes bien armés. Dès qu'ils ont aperçu une voile à l'horizon, ils carguent leurs voiles, font force de rames, et au nombre de quatre ou cinq prauhs, s'approchent du vaisseau pendant la nuit et l'enlèvent par surprise.

Tous ces renseignements me furent donnés par les hommes de l'équipage qui avaient hanté ces mers, et me firent réfléchir.

J'appelai les capitaines des deux autres navires à mon bord, et nous y tînmes conseil. Leurs navires avaient peu d'artillerie, mais suffisamment de fusils, surtout des espingoles et de ces longs fusils que l'on nomme canardières au Canada. Je les engageai à régler les postes de leurs équipages, fixant à chacun ce qu'il aurait à faire en cas d'attaque; à surveiller la mer, surtout la nuit, et à se tenir prêts à tout événement. Nous convînmes de signaux d'avis et d'appel; en un mot, nous prîmes toutes les mesures pour nous venir en aide, et nous protéger au besoin.

Mon prisonnier, qui se nommait Kuriotis, avait, dans plusieurs occasions, donné des preuves d'une si grande connaissance de la mer, que l'équipage ne s'étonna pas de le voir remplir les fonctions de second à bord; je lui rendis sa dépouille; il n'accepta que la petite boîte.

Les vents alisés changèrent; il fallut sortir de leur lit et s'approcher du sud. La surveillance la plus active fut recommandée : nous ne faisions plus de rencontre de navire, car tous ceux qui retournaient en Europe entraient dans les courants des vents qui favorisaient leur marche. Malgré moi j'éprouvai des inquiétudes; ces mers m'étaient inconnues, et je l'avoué, je me trouvais bien jeune pour être chargé d'une aussi grande responsabilité.

Ces inquiétudes prirent tant d'empire sur mon esprit, qu'elles me poursuivaient jusque dans mon sommeil. Souvent il m'arriva de sauter de mon hamac, de monter sur le pont, de grimper sur les haubans et d'interroger l'étendue du cercle de l'horizon : le plus petit point, soit nuage, soit la crête sombre d'une lame, car dans ces mers la surface de l'Océan paraît toujours un peu lumineuse, m'apparaissait comme un navire en vue ; l'idée des pirates indiens me poursuivait comme un pressentiment, mais je ne redoutais qu'une surprise de nuit. L'équipage était chaque jour exercé à la manœuvre du canon et du fusil ; Kuriotis nous fit parfaitement comprendre que la justesse du tir dépendait du mouvement de balancement et de tangage du navire, et que tout l'art consistait à choisir le moment propice et à ne pas précipiter son feu.

Ces exercices, outre ceux de la manœuvre, sous un soleil de feu, fatiguaient beaucoup l'équipage ; aussi, à la vue de la première terre, demanda-t-il quelques jours de repos. Nous étions par 10 degrés de latitude sud lorsque nous eûmes la terre en vue. En consultant la carte, après avoir relevé la hauteur, je pensai que cette terre était nommée l'île aux Cocos ; mais on l'indiquait comme environnée d'écueils nombreux.

La marche de notre navire fut ralentie et un homme placé à l'avant pour découvrir les remous et les bouillonnements qui se font remarquer au-dessus des écueils. Les deux navires, qui marchaient de conserve avec nous, s'étaient éloignés durant la nuit : je leur fis des signaux ; un seul parut les avoir distingués et vira de bord pour se rapprocher de nous ; l'autre s'enfonçait à l'est à toutes voiles. Nous l'avions perdu de vue deux heures après l'apparition du soleil.

L'île ne se trouvait plus qu'à la distance d'une dou-
zaine de milles, les rayons encore obliques du soleil
dessinaient sa forme et son étendue : on pouvait distinguer des dentelures et des inégalités presqu'imper-
ceptibles. Nous pensâmes que les unes étaient des
crêtes de montagnes et les autres des massifs d'arbres.
Le petit canot fut descendu à la mer et nagea à plusieurs encâblures en avant pour éclairer notre marche. Soit que nous fussions entrés dans un chenal ou
que les écueils indiqués sur la carte ne se trouvassen t
pas de notre côté, nous approchâmes sans toucher, ;
l'eau continuait d'être profonde. La cime des arbres
nous apparaissait très distinctement : le rivage se trouvait couvert de hauts cocotiers, et, dans le second plan,
d'arbres qui m'étaient inconnus.

Un coup de sifflet partit du canot ; ce signal annon-
çait les brisants. La barre du gouvernail fut changée
et nous suivîmes une ligne parallèle à celle du canot.
Il pointa vers la côte, nous le suivîmes dans une baie
profonde, où l'ancre tomba sur un fond de sable. Tandis que nous assurions le navire sur ses ancres, les
gens du canot étaient descendus à terre. Nous les
voyions amasser des cocos aux pieds des arbres, et
nous envions leur sort. Ils revinrent chargés de fruits,
qui furent aussitôt distribués à l'équipage.

Il pouvait être dix heures du matin, car nos mon-
tres n'étaient plus d'accord avec celles de la journée
de ces latitudes, lorsque je descendis à terre, ne laissant sur le navire que les gens strictement nécessaires. Après une longue traversée, on est heureux de
mettre le pied sur un sol ferme, de contempler des
arbres, de la verdure, et surtout de trouver une eau
fraîche et claire, que je voulais donner cette satisfaction à autant de nos hommes que la prudence permettait d'en conduire à terre. Deux fois la chaloupe

et le canot firent le trajet de la côte au navire, transportant des fruits et de l'eau fraîche pour ceux qui restaient à bord.

L'île parut inhabitée. Des animaux, mais en petit nombre, peu variés, apparurent à distance; les bouquets d'arbres étaient peuplés d'oiseaux au plumage le plus brillant et le plus varié. La terre, sablonneuse sur les abords du rivage, se couvrait de verdure en avoisinant une étendue considérable des massifs d'arbres; enfin, et c'est ce qui nous réjouit le plus, un cours d'eau se rendait à la mer et coulait sur un sable qui paraissait étincelant.

Deux de nos gens gravirent le sommet d'un rocher, et ne découvrirent aucun indice que l'île fût peuplée. La sécurité nous paraissait donc assurée; et nous allions jouir, dans cette relâche, d'un repos dont nous avions tous grand besoin. L'autre navire approchait; je lui envoyai le canot pour le guider dans la passe. Mais le troisième n'avait pas reparu.

Quand les deux équipages furent réunis, nous prîmes le parti de faire un séjour dans cette île, assez long pour nous approvisionner d'eau, de fruits, et réparer les avaries de nos navires. Mais comme nous avions des annonces de gros temps et de tempêtes, le canot fut envoyé pour chercher un mouillage plus sûr le long des côtes. La nuit arriva, le canot n'était point encore de retour. Cela me donna des inquiétudes. Avait-il coulé à fond? avait-il été surpris par les naturels de l'autre partie de l'île? Enfin, que lui était-il arrivé?

Le matin, le navire l'*Aurore*, notre conserve, mit sa chaloupe à la mer; la mienne y fut aussi lancée, et ces deux embarcations, montées par trente hommes bien armés, allèrent à la recherche de mon canot.

La vigie ne signalait point leur retour : l'impa-

3.

tience, l'inquiétude s'emparèrent de moi. Ce qui nous
restait des deux équipages à terre fut transporté aux
deux bords par la seule embarcation que nous avions.
Ce travail nous prit le reste de la journée : nous passâmes la nuit sur nos ancres, et, dès le lever du soleil, nous longeâmes la côte que nos chaloupes avaient
suivie la veille : c'était la partie nord de l'île. Elle
était basse, couverte de cocotiers, de palmiers, et de
ces arbres immenses que l'on nomme baobabs. Un
promontoire s'élevait à environ six milles; jusqu'à
cette partie de l'île, le rivage s'offrait ras et sablon-
neux. Ordinairement, ces dispositions du rivage sont
un indice d'une mer peu profonde ; aussi fallut-il gagner le large pour arriver au promontoire. Une vaste
baie s'étendait dans toute sa longueur sud ; elle pouvait nous mettre à l'abri des vents du nord, mais
l'abaissement du rivage sud ne nous garantissait nul-
lement des vents. Les navires y entrèrent cependant
et y jetèrent leurs ancres.

Quoique la journée fût fort avancée, j'expédiai cependant trois matelots actifs et vigoureux pour aller
découvrir la côte au-delà du promontoire. Leur
silhouette se dessinait à la partie la plus élevée à l'instant où les derniers rayons du soleil glissaient dans
l'air et embrasaient de leur éclat l'horizon de l'Océan.

L'ascension avait duré plus de temps que je ne
l'avais supposé ; nous n'apprendrions rien d'eux avant
le jour suivant.

Cette nuit fut bien longue et bien pénible pour moi.
Kuriotis me paraissait partager les mêmes inquiétudes. Nous tînmes nos fanaux allumés du côté de la
terre ; ils pouvaient renseigner nos gens qui s'y trouvaient.

La nuit avait ce calme profond qui précède les tempâles : l'air paraissait moins transparent, l'éclat des étoiles moins vif, et comme émoussé.

Je me trouvais sur le pont avec Kuriotis. Nos regards erraient sur la sombre étendue des flots, où couraient des lueurs phosphorescentes comme de pâles éclairs. Nous gardions ce silence que commandent ordinairement les grands spectacles de la nature. Soudain, il se courba de manière à ce que son regard rasât la surface de la mer, et resta longtemps dans cette position.

— Que découvrez-vous ? lui demandai-je.

Il me fit signe de me courber comme lui, et, me montrant l'ouest, il me dit :

— Voyez.

Je découvris sur la surface de la mer deux points noirs, flottants, mais je ne pus reconnaître leur direction.

— Ils nagent vers nous, me dit-il ; ce sont probablement nos embarcations.

Je gardais toujours ma position : un troisième parut. Je l'indiquai à Kuriotis.

— C'est le canot, capitaine. Ils reviennent aux navires : il faut tourner les fanaux vers la mer.

J'allais en donner l'ordre, lorsque je réfléchis ; je me dis :

— Les deux points noirs aperçus d'abord paraissent de même grosseur ; le troisième, quoique plus éloigné, paraît aussi gros ; ce ne peuvent être nos chaloupes et le canot. Celui-ci serait à peine visible, si l'on savait le point qu'il occupe. Kuriotis, à qui je fis part de cette réflexion, reprit son poste d'observation.

— Holà ! s'écria-t-il, cinq, six points noirs... Ce sont les Malais !

Je m'assurai de la vérité de son observation, mais au lieu de six points, l'on découvris une dizaine.

— Eveillez l'équipage, Kuriotis, faites prévenir l'autre navire ; mais ni bruit ni lumière.

Je me rappelais les conseils du vieux capitaine Morand : « Tenez-vous toujours prêts, ayez toujours l'apparence d'être surpris. »

Pendant ce temps-là, j'observais la marche des prauhs ; elles suivaient la partie de la mer obscurcie par l'ombre du promontoire. Ces embarcations allaient à la file et devaient avoir leurs rames bordées, car à peine, en y prêtant toute son attention, entendait-on un léger clapotement dans l'eau.

Les deux navires s'étaient insensiblement rapprochés, ils se trouvaient presque bord à bord. Le mien se tenait un peu à l'avant ; mes canons voilés sur l'avant étaient chargés ; tous les hommes disponibles, armés de fusils et d'espingoles, se tenaient cachés sur les bords de l'avant du navire, prê.s à se porter partout où le danger les appellerait. Les mousses, armés de coutelas, devaient parcourir la ligne du bastingage et frapper tout ce qui voudrait pénétrer dans le navire. Je le parcourus rapidement, et ayant reconnu que chacun occupait son poste, je revins à mon lieu d'observation.

Les prauhs avançaient en silence. A un quart de mille, il y eut cessation dans la marche, les prauhs se divisèrent : quatre s'éloignèrent de l'ombre du promontoire et six ramèrent vers nous. Cette manœuvre me fit penser qu'ils nous croyaient endormis. Deux prauhs se trouvaient à un quart de portée de canon : Kuriotis, chargé de cette partie du service, pointa ses pièces. La bordée vola comme un ouragan et nettoya les deux embarcations les plus avancées. Cependant cinq pièces chargées à mitraille avaient seules fait feu. Les trois autres criblèrent, mais moins largement, les

trois prauhs qui suivaient. Les six autres avançaient
toujours.

Il y eut sur notre bord un silence profond ; on eût
dit que les canons avaient tiré sans artilleurs. Mon navire fit un mouvement en avant, et à l'instant où les
pirates lâchaient leurs bordées, qui ne pouvaient atteindre que la carène, à cause de l'élévation de notre
bord, nous leur envoyâmes deux bordées successives,
et à mitraille. C'en fut assez ; les prauhs qui pouvaient
encore naviguer gagnèrent le large : je me mis à leur
poursuite, et, lorsque le jour parut, je les vis doubler
le promontoire, longer la côte à force de rames, et
enfin disparaître derrière un autre cap qui s'avançait
au nord. Nous poursuivîmes notre chasse, enflammés
par le succès ; mais lorsque nous eûmes doublé le second promontoire, nous découvrîmes une autre flottille, derrière laquelle se trouvaient nos deux chaloupes et le canot. Tout me fut alors expliqué : nos gens
avaient été surpris.

Les pirates se trouvaient démoralisés. Je fis à l'autre navire le signal de marcher en avant, toutes voiles déployées. Cette manœuvre audacieuse réussit : la
flottille malaise se dispersa sur les hauts-fonds de la
côte, abandonnant nos chaloupes, notre canot et deux
prauhs ; ces embarcations restaient flottant au gré de
la vague. Je craignis un piége, et fis approcher lentement : quelle ne fut pas notre joie en retrouvant, gar-
rottés, les hommes de notre équipage, partagés dans
les embarcations et dans les deux prauhs abandonnées
par les pirates. Leur histoire était simple : ils étaient
tombés, à l'approche de la nuit, au milieu de la flottille malaise et avaient été enlevés par le nombre. Ils
ne perdirent pas toutes leurs armes ; nous en trouvâmes dans les prauhs et à terre. Ils comptaient douze
blessés et deux morts.

La journée était avancée ; il nous devenait impossible de poursuivre les Malais sur une côte inconnue et hérissée d'écueils. Nous jetâmes l'ancre dans une petite baie où il y avait à peine assez d'eau pour le tirant de nos navires.

La nuit fut une nuit de veille : les pirates étaient assez nombreux pour opérer un retour offensif. Ils ne le tentèrent point.

Nous étions approvisionnés d'eau, de fruits ; une chasse, à laquelle avaient pris part les deux équipages, nous fournit des viandes fraîches ; les poissons, dont la baie abondait, vinrent augmenter notre ordinaire.

Je résolus de continuer notre navigation et de nous rendre à Batavia, où nous devions écouler nos marchandises et prendre une cargaison pour l'Europe.

Il fallait nous attendre, en arrivant vers le détroit de la Sonde, à rencontrer des nuées de pirates. Ce qui nous avait réussi une fois n'aurait peut-être pas les mêmes chances une seconde. Nous prîmes nos précautions. Dans les praubs malaises nous avions trouvé six petits canons ; je les mis à bord de l'*Aurore*, et lui cédai une partie de nos munitions de guerre. En continuant de naviguer de conserve, nous pouvions nous faire respecter des pirates, pour lesquels un seul navire était une proie plus sûre et plus tentante. Tous les sabords furent démasqués : ils craignent les canons ; nous tâchâmes de nous donner les apparences de deux navires armés en guerre.

←✳→

III. — La tempête. — Les trombes. — La chasse. — Découverte.
— Attaque projetée contre les pirates. — La surprise. —
Destruction de la flottille des pirates. — Partage du butin.

Les évênements que nous venons de raconter dans
le chapitre précédent avaient tellement absorbé notre
attention que nous ne nous étions pas aperçus des
annonces menaçantes de l'orage. Il est vrai que les
précurseurs de la tempête furent ce que je ne les ai
jamais vu être. Aucun des hommes de notre bord ne
se rappelait en avoir vu de pareils. Un calme profond,
sinistre, régnait dans l'air; à peine une haute lame
mourante ridait la surface de l'Océan; on eût dit que
des étincelles électriques pétillaient à sa surface. Ce
n'était plus ce soleil resplendissant des contrées tropicales qui nous éclairait; c'était un astre fumeux,
pâle, aux apparences maladives; cependant, pas un
nuage, pas un flocon de vapeur ne flottait dans le
ciel. La chaleur, lourde, accablante, pesait sur nos
corps, crispait nos voiles, agitait faiblement les cordages; les membrures, les antennes, les mâts, semblaient se plaindre. Ce calme nous remplit d'horreur
et d'épouvante.

— Capitaine, me dit Kuriotis, j'ai vu dans le Sahara
ces symptômes de tempêtes; si nous gagnons la haute
mer, nous pouvons être enlevés par une trombe; si
nous restons dans la baie, nous sommes exposés à
être broyés contre les rochers, mais quelques-uns
échapperont à la tempête, et trouveront des débris, la
terre et des fruits.

— Que faire, Kuriotis? le danger nous menace des deux côtés.

— Prendre le parti qui offre quelque espérance de salut : serrer les voiles, enlever tout ce qui peut donner prise aux vents, et nous enfoncer dans la baie autant que notre tirant d'eau nous le permettra.

Le capitaine de *l'Aurore* vint un instant à notre bord ; il résolut de prendre les mêmes dispositions.

La baie était profonde ; un prolongement du rivage nous en avait caché l'étendue. Nous jetâmes nos ancres sur un fond de sable et de vase, mais cependant ferme. Un rideau de cocotiers et de baobabs nous couvrait du côté de l'ouest ; la montagne s'élevait au sud-sud-est. Notre position se trouva aussi bonne que nous pouvions le désirer.

Déjà les bruits lointains du tonnerre nous arrivaient, sourds et roulés sur la mer presque immobile, à travers la densité sonore de l'atmosphère. Dans les profondeurs de l'horizon monta un petit nuage aux flancs bronzés ; il s'étendit, condensant, sur son passage, les vapeurs du ciel ; il s'avança rapidement, comme une comète embrasée, et rayonnant de lueurs rouges comme le sang. Il volait avec une rapidité effrayante, couvrant d'un voile lugubre une immense étendue du ciel. Un sifflement sec se fit entendre de tous côtés : la mer, immobile, souleva soudain ses pesantes lames ; elles retombaient en vomissant des torrents de fumée, d'écume frémissante. Alors apparut un phénomène aussi terrible que magnifique : le noyau de la nuée tournoya comme une grande roue, mais avec une rapidité qui éblouissait ; il s'élança comme un cône renversé, la pointe en bas ; un éclatant mugissement retentit sur l'Océan ; ses eaux se soulevèrent aussi en forme de cône droit : les deux extrémités se joignirent, s'élargirent et s'élancèrent en colonne rougeâtre sur la surface de l'Océan. Il me fut impossible de me faire une idée de la vitesse de cette trombe; les murmures profonds de la mer, le retentissement des lames qui se levaient, retombaient, se heurtaient, se tortillaient sous le passage de la trombe, m'avaient tellement bouleversé l'esprit, que je voyais, que j'entendais sans réfléchir. Mon épouvante était partagée par les deux équipages. Nous en fûmes tirés par le subit soulèvement des eaux de la baie, par le craquement de nos mâts sans voiles, et par les lamentations des arbres. La trombe, qui avait changé de direction et qui s'était enfoncée vers l'ouest, fut suivie de trois autres trombes. La moins étendue vint éclater sur l'île et enleva des massifs entiers d'arbres, des masses de terre et jusqu'à des fragments de rochers. Une pluie de rameaux, de troncs d'arbres et de pierres s'abattit sur la baie, brisa les petits mâts, enfonça en plusieurs endroits nos ponts. Ceux qui ne purent trouver assez promptement un abri furent ou écrasés ou dangereusement blessés. Trois hommes de notre équipage furent broyés, onze plus ou moins grièvement blessés; la perte de l'autre navire avait été plus grande; mais nous nous estimâmes heureux d'avoir pu échapper à une ruine complète. Il est certain que si une trombe avait saisi nos navires en pleine mer, tout était englouti.

Nous avions presque oublié les trois hommes que j'avais envoyés à la découverte; ils rentrèrent après la tempête, et ce qu'ils nous racontèrent des ravages faits dans l'intérieur de l'île nous fit estimer notre sort heureux.

Les avaries à réparer, les œuvres, les cordages brisés, à remettre en état de service, devaient nous demander un long séjour dans l'île des Cocos. On se mit activement au travail : les hommes disponibles furent envoyés à la chasse pour nous fournir des viandes fraîches ; la pêche contribua aussi pour une forte partie à notre alimentation.

L'homme ne pense jamais à tout. Les pirates n'avaient pu s'éloigner de l'île. Habitués aux convulsions de ces mers, ils avaient dû s'y soustraire et se mettre à l'abri de la tempête, eux et leurs légères embarcations. Ces idées ne me vinrent pas ; elles ne vinrent à l'idée de personne, tant chacun avait été occupé de sa propre conservation. Le rapport de nos chasseurs nous le rappela.

Du sommet d'une montagne, ils avaient découvert une grève où se tenaient deux ou trois cents Malais, d'après leur estimation. Autant qu'ils avaient pu en juger, vu l'éloignement, ils s'occupaient à remettre leurs prauhs à la mer. Ils en avaient déjà vu plusieurs à flot.

Il y avait donc danger de ce côté-là. Le mieux que nous avions à faire était de hâter notre embarquement et de reprendre notre navigation avant qu'ils fussent en état de nous inquiéter. Les travaux furent donc poussés avec une incroyable activité, et nous espérions prendre la mer dans deux ou trois jours s'il n'y avait pas tempête sur l'Océan.

Un matin, après avoir donné mes ordres, je pris mon fusil, et, suivi de deux matelots et de deux mousses, j'allai chasser les perroquets et les singes dans les bois voisins. Cette distraction m'était nécessaire ; je sentais un malaise général dans tout mon corps. L'air vif de la montagne, celui plus balsamique dans les bois, me faisait espérer une réaction salutaire. Avant de reprendre la mer, dans des conditions aussi propres à tendre l'esprit, je voulais ce jour de récréation et de fatigues utiles.

Après avoir parcouru le pays, ne trouvant pour tout gibier que des singes et des perroquets, je m'avançai dans une vallée profonde avec l'espoir d'y rencontrer quelque bête à poil. Cette vallée avait un embranchement qui se dirigeait vers la mer. Entre les broussailles un sentier battu s'offrit devant moi; il n'avait point été battu par les bêtes fauves; je n'en trouvais aucune trace. Cette île, que je croyais déserte, avait donc des habitants! Je me tins sur mes gardes et suivis le sentier battu. Un des mousses courait en avant, comme un enfant heureux de fouler la terre en liberté. Il revint tout-à-coup sur ses pas, et me dit :

— Capitaine, une hutte, une chaumière, là-bas !

— As-tu aperçu des habitants, petit? lui demandai-je.

— Je n'ai pas regardé, mais je vais y voir.

Il se mit à courir à toutes jambes, sans attendre mon approbation. L'autre mousse le suivit.

— Attention, dis-je aux deux matelots; nous ne savons pas ce que nous allons trouver.

Nous avançâmes, le fusil à la main. A deux cents pas de distance s'élevait un fourré très épais; et à côté, adossé contre un baobab, se montrait un toit d'écorce sèche.

— Eh bien ! demandai-je au premier mousse, as-tu trouvé des habitants?

— Non, capitaine; mais venez voir.

— Qu'est-ce, petit? lui demandai-je.

— Venez, venez; c'est tout un arsenal, un mâgasin, que sais-je?

J'écartai les rameaux et me trouvai sous un toit d'écorce; quatre pieux le soutenaient; la partie opposée à l'entrée était une large ouverture pratiquée dans le tronc énorme de l'arbre. L'espace était large; ceux qui ont vu de ces arbres gigantesques peuvent seuls s'en faire idée; et, dans cet espace, étaient entassés pêle-mêle des barils, des malles, des sabres, des fusils, et jusqu'à des canons.

— Éloignons-nous, dis-je à mes gens; ce lieu est sans doute une des cachettes où les pirates viennent déposer les fruits de leurs vols. Ce lieu est dangereux, car ils sont encore sur la côte.

En me retournant, j'aperçus une hache d'abordage que je crus reconnaître. Je la pris à la main et trouvai ce nom gravé le long du manche : YVONNET, SUR LE MALOUIN.

Ce nom, la hache d'abordage, que je reconnus fort bien, éveillèrent en moi une foule de souvenirs. Ainsi, *le Malouin*, cette frégate si bonne voilière, montée par tant de braves marins, était tombée au pouvoir de ces écumeurs de mer, et mon ancien compagnon d'aventures et d'infortunes, le loyal et brave Yvonnet, avait été la victime de ces brigands. Un cri sortit de ma poitrine; ce fut un cri de vengeance.

— Partons, dis-je à mes gens.

J'emportai la hache d'Yvonnet, mes hommes prirent aussi chacun ce qui lui convint, et nous nous éloignâmes rapidement. Il me hâtait de mettre à exécution les projets de vengeance qui bouillonnaient dans ma tête.

Les hommes marquants des deux équipages furent réunis. Voici le projet que je leur proposai :

— Les pirates sont à une demi-journée de marche de nous; tout me porte à croire qu'ils ont été encore plus maltraités que nous par la tempête. Ils sont occupés à réparer leurs prauhs, et sans défiance de notre côté. Le magasin que nous avons découvert prouve les torts immenses qu'ils font au commerce et même aux navires de guerre. En détruisant ceux que nous avons dans notre voisinage, nous usons des droits de défense naturelle, et nos deux équipages réunis font un effectif de cent quatre-vingt-seize hommes. Au nombre de cent hommes bien armés, nous allons aller surprendre les Malais comme ils ont voulu eux-mêmes nous surprendre; si l'attaque est bien conduite, si chacun fait son devoir, tous les pirates, jusqu'au dernier, seront exterminés.

Les récits des gens qui m'avaient accompagné à la chasse, le détail de toutes les richesses qu'ils avaient entrevues dans le magasin des Malais, exaltèrent les têtes. L'expédition fut accueillie par des cris de joie, et le départ fixé au commencement de la nuit, afin de tomber sur les pirates au point du jour, à l'heure où le sommeil est le plus profond. Le capitaine de *l'Aurore* resterait, avec quatre-vingt-seize hommes, à la garde des navires, et avec les cent autres, armés jusqu'aux dents, je dirigerais l'attaque projetée. On choisit les hommes les plus actifs, les plus vigoureux, pour m'accompagner. Jamais préparatifs ne se firent avec plus d'entrain.

Notre marche fut rapide; la fraîcheur de la nuit donnait de l'énergie à nos membres, et cet exercice, les espérances qui remplissaient les esprits, tout contribuait à notre gaîté. Je dis gaîté, car j'entendis, durant les premières heures de la marche, un feu roulant de propos gais et de plaisanteries comme savent les assaisonner les gens de mer.

Quand nous entrâmes dans le petit sentier, je recommandai un silence absolu, et de ménager la pesanteur du pas. Des éclaireurs partirent en avant. Je distribuai ma troupe en trois corps : deux marchaient sur les flancs du corps principal, dont je pris le commandement; ils devaient se tenir couverts jusqu'à ce que la lutte fût engagée, dans le cas où nous ne trouverions pas les pirates endormis.

Je leur donnai mes ordres. La marche recommença.

Le sentier tournait à la base d'une montagne et se perdait dans une quantité d'arbres et d'arbrisseaux. Cette traversée nous fit perdre un temps considérable : nos éclaireurs ne revenaient point et s'étaient probablement égarés. Mon plan se trouvait déjoué en partie. Je fis approcher les deux troupes et n'en formai qu'une : j'envoyai encore quelques hommes pour retrouver nos éclaireurs. Ils revinrent à l'instant où le soleil montait au-dessus de l'horizon. Leur rapport fut rassurant : les Malais étaient tous à terre, à l'abri de leurs petits canots renversés. Ils ne s'attendaient point à une attaque de la terre ; leurs prauhs, aussi rapprochées du rivage qu'ils l'avaient pu, ne paraissaient pas en état de prendre encore la mer. Les premiers éclaireurs avient eu l'audace de s'approcher assez de l'ennemi pour faire ces observations.

La distance qui nous séparait des pirates était d'un mille environ. Le sol était accidenté et couvert de cocotiers jusqu'à moitié de cette distance ; au-delà s'étendait une grève unie où l'homme ne pouvait trouver un abri contre les balles.

Dès que nous fûmes arrivés à la lisière de la grève, je fis coucher à terre quatre-vingts hommes, et les vingt autres sortirent du couvert, s'avancèrent sur l'espace plan, puis revinrent en désordre sur leurs pas, simulant une fuite à la vue des Malais.

Du point où j'étais posté avec le reste de mes gens, je pouvais, à l'aide de ma lunette, suivre tous les mouvements des Malais. Ils ne découvrirent pas d'abord les nôtres, mais, dès qu'ils furent aperçus, il se fit un grand mouvement parmi ces pirates. Ils coururent aux armes, se réunirent en tumulte, puis mirent plus d'ordre dans leurs mouvements. Les chefs paraissaient compter ceux des nôtres qui étaient en évidence, puis leurs groupes se réunirent et s'avancèrent sur la grève.

Kuriotis, qui commandait les vingt hommes, montra une tactique qui me surprit : il feignit de fuir vers le rivage en gagnant les pieds des montagnes, puis revint rapidement sur ses pas et se jeta dans les massifs où nous étions embusqués.

Il est probable que les Malais les prirent pour un détachement isolé des deux navires, et que, comparant leur petit nombre au leur, ils crurent qu'ils allaient les prendre ou les détruire, car ils se jetèrent tous en avant dans un véritable désordre. Je fis alors couler sur la droite une partie de mon monde pour leur couper la retraite, et recommandai de ne tirer que lorsque l'ennemi serait à mi-portée, en visant toujours dans un groupe.

— Tirez à volonté, leur dis-je, mais tirez à coup à peu près sûr.

Nos gens, que j'avais répandus sur une ligne le long de lisière du couvert, se replièrent et firent face à la masse des pirates qui accourait. A vingt pas de distance, notre première ligne fit feu, puis la seconde, puis une fusillade roulante. Cet accueil les démoralisa un instant; beaucoup des leurs étaient tombés, à chaque instant d'autres tombaient morts ou blessés.

La rage les prit : ils se jetèrent en avant avec frénésie après avoir lâché deux ou trois décharges qui passaient au-dessus de nous.

— Laissez venir, dis-je aux miens, jusqu'à ce qu'ils soient presque au bout de vos fusils, puis feu ! feu sans discontinuer !

Quelques instants après, ils arrivaient comme un tourbillon, précédés de quelques coups perdus. Les quarante hommes groupés autour de moi lâchèrent leurs coups. Tous portèrent, car les Malais ne m'apparurent plus que disséminés et tellement stupéfaits, que les nôtres eurent le temps de charger et de faire une autre fois feu. C'en fut assez, ils prirent précipitamment la fuite, mais alors ils se trouvèrent en face de notre corps détaché, qui les cribla de balles. Nous sortîmes du couvert, et nous avançant rapidement sur la grève, nous achevâmes leur défaite, ou plutôt leur destruction, car à peine quelques-uns purent gagner les fourrés et se soustraire à nos coups. Les quelques pirates restés auprès des prauhs tentèrent d'en lancer une à la mer : ils furent tués avant d'avoir réussi.

Cette victoire, qui ne nous coûta pas un mort, nous rendit maîtres de dix prauhs, presque réparées, de plus de quarante petits canons, d'armes et de munitions de toute espèce. Je posai des sentinelles pour empêcher le pillage, le butin devant être partagé loyalement entre les deux équipages. Les matelots allèrent dépouiller les morts et rapportèrent leur butin au rivage.

Cinq prauhs pouvaient prendre la mer; nous les chargeâmes du butin, et des matelots y furent placés pour les conduire aux navires. Nous livrâmes aux flammes ce qui ne put s'enlever. Avec le reste de mes gens je repris la route que nous avions suivie, et nous enlevâmes du magasin une charge de chaque homme; un second voyage emporta tout ce qui en valait la peine, le reste fut brûlé.

Le butin était immense, et on put juger des dommages que ces brigands avaient fais au commerce européen par la quantité de marchandises de toute espèce qui se trouvèrent amoncelées sur le rivage. L'or, les bijoux et les objets précieux, tout fut trouvé sur les morts et dans les prauhs. Le partage ne se fit pas facilement; enfin il fut fait, et les deux équipages parurent satisfaits de leur part.

Les canons, les armes et les munitions de guerre furent répartis entre les deux navires en raison de leurs besoins. Nous pouvions donc reprendre la mer avec plus de sécurité qu'auparavant. Grand nombre de pirates n'existaient plus, et la flottille tout entière avait été détruite. Tous ces arrangements nous prirent trois jours, et ce ne fut que le quatrième que nous pûmes lever l'ancre.

IV. — Navigation pénible. — Arrivée à Batavia. — Bon accueil des Hollandais. — Le capitaine vend sa cargaison et son butin. — Il passe au service de la Compagnie hollandaise des Indes. — Préparatifs pour aller détruire les pirates.

Dès que nous fûmes éloignés de cette île, les mauvais temps nous assaillirent presque continuellement : les deux navires se perdirent de vue, et notre équipage, épuisé de fatigue, soupirait après la terre. Quand la ligne fut atteinte, nous espérions des vents plus favorables ; mais notre attente fut trompée : notre marche devint lourde ; le tangage fatiguait horriblement le vaisseau ; sa charge était trop forte et l'aménagement du butin n'avait pas été fait avec soin.

Aucune terre ne se trouvait en vue ; pourtant, d'après mes calculs, nous ne devions pas tarder à entrer dans le détroit de la Sonde, route que conseillait une carte anglaise, pour éviter les écueils et les hauts-fonds fréquents dans ces parages.

Les inquiétudes ne m'empêchaient pas de songer au sort de mon pauvre camarade Yvonnet et à la porte du *Malouin*, sur lequel j'avais fait ma première sortie en mer. Le bon lieutenant Mahé avait peut-être éprouvé un sort aussi funeste. De tous les hom-

mes auxquels j'avais été attaché par l'affection, il ne
m'en restait pas un seul; je me trouvais isolé dans
le monde comme mon navire se trouvait isolé sur
l'Océan. Ces tristes réflexions me fatiguaient d'autant
plus que je n'avais personne à qui les communiquer.
Kuriotis me paraissait bien affectionné à ma personne,
mais ce que je connaissais de son passé m'éloignait
de lui; j'étais encore trop jeune pour avoir compris
que l'homme n'est pas libre de se choisir sa position
dans la société; qu'il est soumis aux influences, aux
nécessités de sa naissance, de son pays natal et de
tant d'autres choses qui annihilent sa volonté. Kuriotis avait subi tout cela. S'il était devenu pirate,
c'est qu'il était né dans un pays où la piraterie est
une profession avouée, honorée même, quand elle est
heureuse.

Je voyais l'homme ce qu'il avait été, et j'oubliais
que depuis qu'il était sur mon bord il s'était toujours
montré dévoué, actif, sans qu'on eût eu le moindre
écart à lui reprocher. Plus tard j'ai appris que l'homme, à moins qu'il ne soit né avec des dispositions
profondément vicieuses, à moins qu'il ne reste toujours sous l'influence des mauvais exemples, privé de
tout conseil et de toute affection, peut toujours s'a-
mender et revenir à de meilleurs sentiments.

J'employais Kuriotis parce que son habileté comme
marin, son courage, son sang-froid, m'étaient utiles;
mais il y avait toujours en moi de la défiance. Il s'en
apercevait et paraissait en souffrir. J'ai dit qu'il avait
appris promptement à s'exprimer en français; la conversation pouvait donc s'établir entre nous. Un jour,
je venais de répéter mes observations marines, et je
trouvais toujours que nous ne devions pas tarder à
entrer dans le détroit de la Sonde, quand Kuriotis
m'aborda.

— Capitaine, me dit-il, je crois que le navire dérive, parce que nous sommes sur un courant sous-marin; je crois qu'en portant la barre plus au nord nous sortirions de ce courant, qui contrarie l'action des voiles et rend la marche du navire aussi lente que fatigante. Il est sous l'action de deux forces contraires.

Alors il m'expliqua ses observations, les répéta devant moi, et j'acquis la conviction qu'il avait raison. Un coup de barre nous fit cingler plus au nord, et une demi-heure après, le navire prit une allure plus décidée et n'éprouva plus de violents coups de tangage.

Kuriotis gagna beaucoup dans mon estime; je vis qu'il cherchait à se rendre utile avec modestie et zèle. Je me montrai plus communicatif avec lui; il le comprit et m'en parut heureux.

Plusieurs navires passèrent en vue, les uns s'éloignant vers l'ouest et les autres marchant vers l'est. Mais ils passaient à une trop grande distance pour que nous pussions communiquer avec eux. Kuriotis et moi en tirâmes la conséquence que nous n'étions pas dans la bonne route : nous pointâmes encore plus au nord. Le soir, le nombre des navires augmenta, et nous découvrîmes terre à l'horizon.

La joie avec laquelle tout l'équipage accueillit cette nouvelle ne fut pas comparable à la mienne : la responsabilité qui pesait sur moi, ma réputation comme marin, et enfin, puisqu'il faut le dire, l'amour-propre et l'ambition, me rendirent la découverte de la terre si heureuse, que je laissai éclater ma joie, oubliant que le commandant d'un navire ne doit jamais laisser voir qu'il a été incertain dans sa route.

Désormais notre marche n'était plus à chercher ; des navires entraient dans le détroit ou en sortaient plu-

sieurs fois le jour ; nous en accostâmes un qui nous
apprit que deux jours auparavant un navire français
était entré dans le port, qu'il y avait répandu la nouvelle qu'une flottille de pirates avait été détruite dans
l'île des Cocos par lui et par un autre navire dont les
mauvais temps l'avaient séparé. Il ajouta que ce navire avait vendu avantageusement sa part de butin et
que le capitaine et l'équipage étaient bien accueillis
de tout le commerce de Batavia. La flottille détruite
était sous les ordres d'un fameux pirate fort redouté
qui lui causait, depuis plusieurs années, de fort grands
préjudices.

Ces nouvelles nous comblèrent de joie et d'espérance : l'équipage redoubla de zèle, et le port de Batavia s'ouvrit bientôt devant nous. Il y avait des navires de toutes les nations, principalement des Chinois, remarquables par leur construction et leur voilure. Je découvris l'*Aurore* dans un ancrage voisin
des quais. Le capitaine nous reconnut aussitôt, et nous
envoya son canot. Nous allâmes mouiller près de lui.
Tout son monde vint aider les miens, et notre instal-
lation fut promptement terminée. Le capitaine de
l'*Aurore* se chargea de faire pour nous tout ce que les
formalités hollandaises exigeaient. Nous étions en
train de nous rendre compte de ce qui nous était arrivé depuis notre séparation, quand deux délégués du
commerce vinrent me prier de descendre à terre, où
j'étais attendu. Mon ami, le capitaine de l'*Aurore*,
loin d'accaparer pour lui seul la gloire d'avoir détruit
la flottille malaise, m'en avait attribué toute la part.
On apprit donc avec satisfaction mon entrée dans le
port.

C'était la seconde fois que je me trouvais en rapport avec les Hollandais. Si l'impassibilité de leurs
figures, leur flegme, la raideur de leur tenue me frap-

pèrent, ma grande jeunesse, mon attitude franche et décidée leur firent aussi une impression qu'ils ne purent dissimuler. Chez eux, le commandement d'un vaisseau n'est confié qu'à un marin qui a fait ses preuves depuis des années et qui est déjà sur le retour. Je suis convaincu qu'ils pensèrent à la légèreté du caractère français. Quelle que fût leur opinion, ils m'accueillirent bien, me caressèrent même, et ne tarissaient point en éloges, donnés brièvement, il est vrai. N'avais-je pas débarrassé le commerce de Batavia du fameux Ali-Bouban, qui venait jusque sur les quais leur enlever des ouvriers forgerons et armuriers, et qui leur capturait chaque année de riches cargaisons?

L'enthousiasme pénètre peu sous l'épaisse enveloppe du Hollandais; il n'a d'activité, il ne secoue vraiment son apathie que lorsque les intérêts commerciaux sont en jeu. J'avais eu le bonheur de toucher la corde sensible. Aussi, je fus réellement fêté par tout le commerce : le gouverneur me fit l'honneur de m'inviter à sa table; j'étais trop jeune pour échapper à tant de flatteries. Durant plusieurs jours, je me crus un grand homme de mer. Mon ambition s'échauffa; elle fut la cause des malheurs que je vais raconter.

Je n'eus point à m'occuper de la vente de ma cargaison : deux maisons de commerce la prirent tout entière. La part du butin échue à mon équipage fut exposée dans une vente publique, où l'on se rendit de toutes parts; mes gens en retirèrent de bons sacs d'argent et se trouvèrent très satisfaits.

Kuriotis me rappela que le séjour de Batavia était malsain; que mes gens se livraient à des orgies, et que mon équipage serait bientôt décimé si nous ne hâtions notre départ. Il avait raison, et je le compris.

Les deux maisons de commerce qui s'étaient char-

gées de ma cargaison voulurent aussi prendre soin de
mon chargement pour le retour en Europe. Je me
trouvais intéressé pour une forte somme ; ma destination était la Hollande. Peu m'importait le lieu, pourvu
que les autres engagés y trouvassent leurs bénéfices.

Notre chargement se faisait avec l'activité méthodi-
que que l'esprit commerçant des Hollandais met dans
tout ce qu'il fait : peu de jours après, nous devions
être prêts pour l'appareillage, lorsque je fus mandé
chez le gouverneur hollandais.

—Meinher Landren, me dit-il, vous êtes jeune, mais
vous avez déjà prouvé que vous aviez le sang-froid et
la détermination de l'homme fait. Je voudrais vous
attacher à notre service avec un titre que la France ne
vous accordera qu'après de longues années. Vous nous
avez débarrassés d'un des plus dangereux pirates de
ces parages ; le commerce de Batavia, de la Hollande,
vous en est reconnaissant ; mais il en reste encore
beaucoup, et notre gouvernement veut donner un
coup mortel à la piraterie. On vous offre le commandement d'un navire armé en guerre pour courir sus
aux pirates. Vos appointements seront ceux d'un capitaine de vaisseau de la république batave, et votre
part dans le butin sera celle que notre code maritime
accorde à tout capitaine armé pour donner la chasse
aux pirates.

Cette proposition m'éblouit ; de simple capitaine par
suite d'une nécessité, et encore capitaine marchand,
dont le titre me serait probablement retiré à mon retour en Europe, je passais capitaine dans la marine
militaire de la puissante république de Hollande ;
c'était trop tentant, à mon âge, pour ne pas l'accepter.
Cependant j'objectai qu'étant citoyen français, je ne
voulais pas en perdre le titre, et que je me devais avant
tout à la France.

Ces objections avaient été prévues; le gouverneur me répondit que la mission dont la république me chargeait intéressait tout le commerce européen; que la France était en paix avec la Hollande, et que, n'ayant aucun emploi dans la marine militaire de la France, j'étais libre de ma personne; enfin, que si la guerre éclatait entre la France et la Hollande, mon engagement serait rompu de droit.

Une autre difficulté restait à lever : je devais rendre, aux armateurs du *Rapide*, compte du navire et de son chargement.

—Tout cela a été prévu, me dit le gouverneur : un état de vos affaires va être établi devant le conseil de la colonie, et le navire, confié à un commandant hollandais, sera conduit au port français que vous allez désigner; je sais que vous êtes intéressé dans le chargement, la Compagnie vous tiendra compte de votre quote-part et des bénéfices présumés. Ces fonds seront placés à Batavia et vous porteront intérêts.

Toutes ces garanties ne m'eussent-elles pas été offertes, j'étais décidé à accepter; l'amour-propre parlait trop haut chez moi.

Enfin se présentait un autre obstacle : je ne connaissais point la langue hollandaise; comment pourrais-je commander un bâtiment monté par des Hollandais?

Le gouverneur me répondit :

— Nous présumons qu'une partie des gens de votre équipage s'engagera au service de la Hollande, chacun avec le grade qu'il a à votre bord. Nous avons à Batavia un certain nombre de matelots français qui prendront volontiers du service sous vos ordres. Ainsi, meinher Landren, cette difficulté n'existera pas.

J'acceptai à ces conditions, et lorsque je fus de retour au logis, je fis part de tout à Kuriotis. Il y réfléchit longtemps et finit par me dire que j'avais bien fait d'accepter. Après s'être assuré que mon intention était de le compter dans mon équipage, il me conseilla de faire dresser un acte en bonne forme, par le gouverneur, des engagements que je contractais avec la colonie hollandaise et de ceux qu'elle prenait envers moi, stipulant fortement ce qui concernait le navire en retour et la cargaison.

Tout se fit selon mes désirs : je n'eus plus qu'à m'occuper de la composition de mon équipage. Presque tous les Bretons du *Rapide* prirent un engagement. Le reste de l'équipage se compléta de marins en partie français qui se trouvaient sans emploi à Batavia.

On me laissa le choix du navire : un seul, appartenant à la colonie, me parut offrir les conditions désirables pour ces mers semées d'écueils et ces côtes dentelées où il faudrait donner la chasse aux Malais ; mais il ne pouvait avoir qu'un faible équipage, et les marins engagés s'élevaient au nombre de cent trente-cinq hommes.

Après délibération, le conseil maritime adjoignit un petit brick qui servait sur la côte. Ainsi, je me trouvais commandant de deux navires de guerre à un âge où les autres obtiennent à peine les premiers grades.

Mon orgueil fut flatté, mais ne m'éblouit point : aidé de Kuriotis, qui passait à mon bord avec le titre de lieutenant, je veillai avec un soin scrupuleux à l'armement des deux navires. Kuriotis était un marin expérimenté ; il me fut d'un grand secours.

Le gouverneur me laissa libre de diriger l'armement. Je sentais trop bien que le succès dépendait des armes, pour ne pas y apporter toute mon attention.

Le navire que je devais monter portait vingt-cinq canons de gros calibre pour la mer, et douze petits canons mobiles. Le brick en reçut douze de petit calibre et une longue couleuvrine à l'avant. Outre le fusil et le reste des armes offensives usitées en mer, chaque homme reçut une espingole de forte charge et des pistolets.

Le gouverneur vit que je prenais mon parti en homme qui veut s'assurer le succès; il en augura bien et me prit en plus haute estime.

Kuriotis et moi passions une partie des nuits à étudier les cartes des côtes de l'île de Java et de la Malaisie, et je puis affirmer que nous en acquîmes la connaissance autant qu'on peut l'acquérir par les autres. Je proposai de lui donner le commandement du brick. Cela parut le contrister. Il croyait, et il avait raison de le croire, qu'il me serait plus utile à mon bord. J'insistai; il se rendit, mais ce fut à contre-cœur. Il était sincèrement attaché à ma personne. Cet homme avait de grandes et nobles qualités; elles s'étaient développées dès qu'il était sorti de l'atmosphère des corsaires d'Alger. Il avait vu que je l'avais sauvé, protégé et élevé jusqu'au rang où il se trouvait, et sa reconnaissance, comme son dévouement, étaient sans bornes.

Au nombre des marins enrôlés à Batavia, se trouvait un matelot breton des environs de Vannes. Je le mis dans mon équipage avec l'intention de l'avancer s'il avait de la capacité et de l'intelligence. Je ne pouvais oublier cette pauvre terre de Bretagne où j'étais né.

Le navire sur lequel je m'étais embarqué n'avait point d'aumônier. Lorsque la mort du capitaine, à l'île de France, m'eut laissé le commandement, j'oubliai, dans la joie de ma promotion, de chercher un

prêtre qui pût remplir, à bord, les fonctions d'aumônier, et faire pratiquer régulièrement les exercices du
culte catholique. Intérieurement, je sentais un besoin
non satisfait, quoique je continuasse les bonnes prati-
ques auxquelles j'étais accoutumé depuis l'enfance ; je
comprenais bien que j'avais ma part de responsabilité
dans la conduite de l'équipage qui m'était confié ; je
devais lui procurer la nourriture spirituelle avec autant de soin que celle du corps. Une autre chose me
rappela souvent ce devoir. Kuriotis était musulman ;
il n'oubliait jamais, même dans les circonstances les
plus graves, de se livrer à ses obligations religieuses.
Cet exemple, que j'avais tous les jours sous les yeux,
me faisait souvent rougir pour moi-même. Je profitai
donc des bonnes dispositions du gouverneur et du
conseil de la colonie pour demander qu'un prêtre me
fût adjoint, dans une expédition où la mort devait
jouer un grand rôle. On me donna un prêtre italien
qui parlait français et qui connaissait presque toutes
les langues de ces contrées orientales. Il se nommait
Bartholomeo Andriano. C'était un homme de cinquante
ans, un peu usé par les travaux apostoliques, et qui
avait eu beaucoup à souffrir dans ces contrées idolâ-
tres, mahométanes, et dont les Hollandais, séparés
du giron de l'Eglise catholique, possédaient les parties les plus riches par le commerce et les productions
du sol.

Oa peut dire que généralement les prêtres envoyés
dans les missions étrangères sont tous des hommes
d'élite. Ils ont la foi, le dévouement pour le salut de
leurs frères, et possèdent en outre une instruction très
étendue. Le père Andriano avait les mœurs douces,
et une immense charité. Ce fut pour moi un ami, un
bon conseiller, et bien souvent un consolateur. Deux
passions me dominaient l'amour de la renommée et

de l'ambition. Les circonstances leur avaient ouvert la porte, et elles s'étaient établies en souveraines dans mon esprit.

Je le sentais et n'avais ni assez de force ni assez d'énergie pour les refuser. Ma bonne fortune me donnait l'homme le plus capable de me maintenir et de réprimer l'excès de ces deux penchants.

La veille de notre départ, j'eus encore l'honneur d'être admis à la table du gouverneur. Il me fit alors une confidence qui me donna à penser que ma valeur personnelle n'avait pas suffi pour diriger le choix qu'il avait fait de moi pour commander une expédition aussi importante que celle qui m'avait été confiée.

« Meinher Landren, me dit-il, il y a trente-deux ans, je débutai dans la carrière du commerce ; la maison à laquelle j'étais associé m'avait confié deux navires richement chargés ; ils portaient toute ma fortune. A cette époque, la piraterie se faisait sur une plus grande échelle qu'aujourd'hui ; le mauvais temps me sépara du convoi, et nous eûmes le malheur d'être assaillis par une nuée de praubs malaises. J'avais à défendre tout ce que je possédais et ma vie en outre. Notre résistance fut donc énergique ; mais que faire contre le nombre ? Les pirates étaient déjà maîtres d'un de mes navires, et nous combattions contre eux sur le pont de celui que je commandais. Notre perte était certaine. Tout-à-coup, j'entends gronder le canon, et, en portant les regards sur l'Océan, j'y découvris un grand navire de guerre au mât duquel flottait le drapeau blanc de la France.

» — Courage, mes amis, criai-je à mes compagnons, qui cédaient devant le nombre ; le ciel nous envoie un défenseur !

» Les pirates, avertis par notre hourra et par le

grondement des gros canons du vaisseau français,
sautèrent dans leurs prauhs et s'éloignèrent à force de
rames.

» Le vaisseau français se mit à leur poursuite; ses
bordées se succédaient avec une étonnante régularité,
et chacune balayait, sur la surface de la mer, ces petits navires chargés de pirates. Je puis dire, meinher
Landren, que ce grand vaisseau tomba sur les flottilles comme un ouragan de boulets et de mitraille, et
que je n'ai jamais vu une plus prompte ni plus émou-
vante destruction de ces écumeurs de mer.

» Quand le peu de prauhs échappées au navire français eurent disparu à l'horizon, celui-ci vira de bord
et nous accosta. Après avoir pris connaissance de notre situation, il nous envoya de ses gens pour hâter
la réparation de nos avaries, et ne s'éloigna de nous
que lorsque nous pûmes reprendre notre marche vers
Batavia.

» J'ai oublié le nom de ce navire, mais non celui
de son commandant, qui m'avait appelé à son bord.
Le commandant du vaisseau français se nommait
Landren. »

Le gouverneur avait prononcé ces dernières paroles avec une vive émotion, tout Hollandais qu'il était.
Il me tendit sa large main, serra fortement la mienne,
et après un court silence, il ajouta :

— Je dois à votre père, car j'ai pris mes informa-
tions, la conservation de ma fortune, son accroisse-
ment, et la position que j'occupe dans cette colonie,
car la perte de mes navires, en supposant que les Malais eussent épargné ma vie, brisait mon avenir.

Ce récit m'avait si profondément ému que je ne pus
dire un seul mot. Le nom glorieux de mon père mort
depuis tant d'années, me protégeait dans ces contrées
lointaines et m'élevait, à un âge où l'on obéit, au com-

mandement d'un navire de guerre. Toutes ces réflexions traversèrent mon esprit comme un éclair ; je
sentis que j'avais à soutenir un nom glorieux, et que
je devais ne pas manquer à une aussi noble mission.

Le bon gouverneur avait fait porter à mon bord, et
pour mon usage, toutes les provisions de bouche qui
peuvent être agréables et salutaires en mer. Il me fit
présent d'une magnifique et excellente paire de pistolets, d'un criss malais, arme très dangereuse et par sa
forme et plus encore par le poison qui la pénétrait.

— Voilà un petit flacon que je vous recommande.
Si vous êtes blessé d'un coup de criss, ce flacon con-
tient le seul remède connu pour de pareilles blessures.
Buvez-en immédiatement une goutte dans un verre de
rhum, et frottez-en la blessure jusqu'à ce que les lèvres reprennent une couleur vermeille, car la blessure de cette arme empoisonnée fait aussitôt blêmir
les chairs, et la mort s'ensuit.

V. — Départ de Batavia. — Croisière. — Les Malais en vue. —
Stratagème bizarre. — Fuite des pirates. — Refuge contre la
tempête. — Les pirates sur une des îles Philippines. — Récits de Hugon. — Projet de débarquement.

Le lendemain, tous nos préparatifs étant terminés,
et tous les gens de l'équipage étant rendus à bord, je
fis mes adieux au gouverneur et à mes autres amis
et, muni de ma commission et des papiers de bord,
montai dans un canot et m'éloignai du quai. Le je
verneur m'avait ménagé une surprise délicate gou-
rière de mon navire je pus lire, en grandes à l'ar-
lettres, ce simple mot : *Le Landren*. et belles

—Oui, me dis-je en sautant sur le pont, *le Landren*
se distinguera, ou l'Océan lui servira de tombe !

Dix coups de canon retentirent pour saluer notre
départ; mes deux navires répondirent à cet honorable
adieu ; les ancres furent promptement amenées, les
voiles tendues, et, sous le souffle d'une bonne brise,
nous gagnâmes le large entre les deux terres du détroit.

Les circonstances et les positions modifient tellement les hommes, que je me trouvai tout autre que
j'étais en arrivant à Batavia. Plus calme, plus réfléchi,
j'envisageai ma position sans en être effrayé. La mission que j'avais à remplir était dangereuse, mais j'avais
tous les moyens pour obvier aux dangers. Je ne m'ap-
partenais plus uniquement, mais aux hommes mis sous
mes ordres. Une volonté allait seule régner sur les
deux navires, et cette volonté était la mienne. Si l'intérêt personnel la dirigeait, j'étais indigne de la mission qui m'était confiée. Mon intérêt devait être la
somme de tous les intérêts de mes équipages. Il fallait
l'autorité pour être obéi ; je l'avais. Il fallait inspirer
la confiance en moi ; je me promis d'en venir à bout
par ma conduite, par les soins donnés à l'équipage,
et par une surveillance active et éclairée. Enfin, et
c'était beaucoup, il fallait assurer l'obéissance passive ; une discipline inflexible me l'obtiendrait. Voilà
ce que je pris pour règle de ma conduite, et je fus
constant à moi-même.

Nous étions au printemps; c'est la saison où les pirates prennent la mer, parce que c'est aussi à cette saison que les navires marchands arrivent à Batavia ou
partent de ce port. J'établis ma croisière sur la route
des navires, évitant de donner aux miens un extérieur
de guerre.

Une croisière est une vie ennuyeuse et pénible. Il ne

faut point s'éloigner de certains parages, et lutter contre les variations des vents et les mauvais temps. La vigie des deux navires fut doublée, tous les navires signalés : c'était une véritable chasse à l'affût sur un sol mouvant. Sans cesse en éveil, je courais d'une partie du bâtiment à l'autre, surveillant les manœuvres et encourageant mes gens. Une fois le jour ils étaient exercés à repousser un abordage simulé, à pointer et reculer les canons ; le matin, après le quart, tous les hommes libres assistaient à une courte prière que l'aumônier faisait sur le pont ; venait ensuite l'exercice des armes à feu et des armes blanches. Ces mouvements variés et successifs assouplissaient l'équipage à une discipline sévère et régulière. Au bout de huit jours j'eus lieu d'être satisfait des résultats obtenus par mes soins ; ma confiance augmenta, et je désirai une rencontre avec les Malais.

Je veux ici rapporter une conversation que j'eus avec le père Andriano ; elle donnera une idée des hommes que j'avais à pourchasser et des ressources dont ils pouvaient disposer.

« J'ai passé plusieurs années aux Philippines, me dit-il, et je dois vous renseigner au sujet des Malais. Ne croyez pas que ce sont des pirates isolés, courant les mers pour leur compte personnel, sous des chefs plus ou moins renommés, et réunissant quelques prauhs. Le chef des pirates qui infestent ces mers est le sultan de Sulo. Plusieurs autres princes de la contrée les protègent ; ils trouvent abri et protection sur leurs côtes, et des provisions en abondance. Dans les îles Philippines, ils ont des arsenaux pour fondre les canons, fabriquer les armes, et surtout les criss et la poudre. Ils ne se contentent pas d'attaquer les navires, il font des descentes sur les côtes, en enlèvent les habitants, qu'ils vendent pour esclaves aux mahomé-

tans de l'intérieur, ou les gardent dans leurs repaires,
les tiennent enchaînés à un poteau, occupés aux travaux les plus pénibles. Souvent ils enlèvent par ruse
des armuriers, des ouvriers qui travaillent le fer, et
les emmènent dans leurs rapides embarcations avant
qu'on ait le temps de leur porter secours. Ce sont les
seuls prisonniers qu'ils traitent avec douceur.

» Depuis que les Hollandais les pourchassent rapidement, ils se réfugient dans les criques des îles, souvent désertes, où ils ont des retraites pleines de toute
espèce d'armes et de nourriture. Les navires européens, qui ont un grand tirant d'eau, ne peuvent les
suivre dans ces eaux peu profondes et semées d'é-
cueils.

» C'est à la saison où nous nous trouvons qu'ils sortent en flottilles de dix et souvent vingt prauhs. Les
équipages sont, pour les plus forts bâtiments, de trente
à quarante hommes; ils ont quatre et souvent six canons. Alors, ils se dispersent dans toutes les directions
et ont entre eux des signaux de ralliement. Après un
combat, s'il y a des prises, ils gagnent l'île déserte la
plus voisine, couchent leurs mâts, et descendent à
terre pour partager le butin, réparer leurs navires,
prendre des provisions et de l'eau. Chaque île, dans
une grande étendue de ces mers, est pour eux un point
de relâche où les croiseurs ne peuvent les atteindre.

» Le caractère de ces pirates est farouche et cruel,
leur ignorance profonde; leur avidité dépasse tout ce
qu'on pourrait imaginer. Ils sont du reste braves, vigoureux et très agiles; ils ont escaladé les bords d'un
navire dès qu'ils ont pu en approcher leurs prauhs.
Souvent leurs attaques se font de nuit. Dès qu'un navire est signalé, ils carguent toute leur voilure afin
d'être inaperçus à la surface des flots, suivent à la
rame le navire, s'en approchent durant les ténèbres et

montent à l'abordage souvent sans avoir été découverts. Voilà les hommes que vous allez poursuivre, et contre les stratagèmes et le courage farouche desquels vous ne sauriez trop vous tenir en garde. »

Ces renseignements fort utiles me furent de nouveau affirmés par Hugon, ce marin breton que j'avais pris à mon bord. Il était tombé entre les mains de ces pirates, avait subi une dure captivité et s'était évadé par miracle.

J'ai promis à saint Yves, me dit-il, de punir les Malais des tortures qu'ils font endurer aux prisonniers chrétiens. Cette promesse-là, un matelot breton ne la viole jamais.

Je pus apprécier cet homme, et je le pris à mon service particulier sans l'exempter entièrement du service de la manœuvre. Il avait la surveillance spéciale des vigies, et je les avais doublées.

Notre croisière durait depuis quinze jours. Nous avions décrit plusieurs cercles depuis la ligne jusqu'à le 7° de latitude, à peu près à la hauteur des Philippines, sans avoir rencontré que des navires marchands et un vaisseau de guerre espagnol, mais pas l'ombre d'un pirate.

L'aumônier venait de réciter la prière du soir : j'allais établir le service de nuit, lorsque Hugon, qui était grimpé au haut du grand mât, cria :

— Navire en vue !

Dès qu'il fut descendu, il me pria de prendre ma lunette de nuit, de monter au plus haut de l'échelle des haubans et de fouiller l'horizon au nord-ouest.

Une flottille de prauhs se dessinait de temps en temps à la cime de la lame houleuse, comme une troupe de canards sur un étang. Ils nous avaient découverts. Je donnai au brick le signal d'envoyer son canot, et d'approcher du navire en même temps.

Kuriolis se rendit lui-même à mon bord ; il avait aussi découvert les pirates. Nous tînmes conseil, et lorsque notre plan fut arrêté et bien compris, il retourna sur le brick.

Hugon avait assisté à notre conseil, et nous avait donné l'idée d'un stratagème assez singulier pour que j'en parle ici.

Les deux navires nageront à une bonne portée de canon l'un de l'autre ; l'état de la mer le permet. Dès qu'il fera sombre, le canot, avec deux barils préservés du roulis par de larges planches, ira les déposer à une demi-portée de canon des deux navires ; un vase plein de goudron, dans lequel sera engagée une longue mèche, portera sur chaque baril. Le canot allumera les mèches avant de revenir à bord. La vue de ces feux, qui flotteront au gré de la lame, attirera l'attention des pirates, dont le plan est, je ne puis en douter, de nous surprendre la nuit. Ils se rendront autour des barils, et en observant bien la surface de l'eau, les deux navires pourront leur lâcher chacun une bordée dans la direction des lueurs ; plus d'une de leurs prauhs sera endommagée, et nous commencerons la chasse en les coupant du côté de la terre la plus voisine.

Ce plan, tout bizarre qu'il était, fut accepté, et l'inventeur chargé de préparer les deux barils et leurs accessoires.

Kuriolis eut ordre de porter vers la terre, quelle que fût l'issue de notre stratagème.

La nuit me parut arriver avec lenteur : j'étais ennuyé d'une croisière qui ne nous laissait que des évolutions à faire. La partie allait donc enfin s'engager. L'équipage reçut une ration de rhum après l'inspection des armes, et chacun se rendit à son poste, impatient de voir l'action s'engager.

Une nuit, d'autant plus profonde qu'elle fut sans transitions successives, tomba tout-à-coup sur l'Océan. Les voiles furent à demi carguées. Le navire ralentit sa marche. Hugon partit dans le canot avec son attirail et quatre rameurs.

La vigie signala une lumière au nord-ouest, mais elle disparut aussitôt. Je supposai que c'était un signal donné par les Malais.

Une heure après, les deux flammes parurent; elles ballottaient fortement sur la lame, mais elles restaient droites.

A l'approche d'une circonstance grave, dont on a prévu toutes les circonstances possibles, le cœur le plus ferme éprouve une agitation; mais ce n'était pas, je puis l'affirmer, un sentiment pusillanime. Enfin, l'occasion d'agir, de soutenir la bonne opinion que l'on avait de moi, se présentait. Quelle en serait l'issue? Voilà ce qui causait mon émotion. Toutes les chances me paraissaient en ma faveur; mais en guerre, où l'imprévu joue un si grand rôle, qui oserait affirmer le succès!

Hugon resta dans le canot, à l'avant du navire : il se tenait courbé de manière à raser du regard la surface de l'eau.

J'étais sur le pont, dans un état d'exaltation fiévreuse : ma volonté faisait à peine taire mon impatience. Autour de moi, dans tout le navire, je n'entendais pas un bruit, pas le son d'une seule voix; mais le clapotement de la lame contre les flancs du navire et à la proue, et le léger sifflement du vent entre les cordages.

Je tenais ma lunette braquée sur les tonneaux. La lame les avait éloignés l'un de l'autre, mais la clarté qu'ils répandaient formait un cercle qui s'étendait à une certaine distance sur la mer. Tout-à-coup un

point noir parut dans ce cercle, puis un second. Le
moment me parut favorable ; je criai :

— Feu à l'ouest du premier tonneau !

Un instant après dix colonnes de flammes s'élancèrent des flancs du navire, le bruit roula sur les flots
et n'était pas encore éteint, qu'une bordée du brick
retentit. Le navire tourna sur lui-même et lança sa
bordée de tribord. Les voiles s'ouvrirent au vent et
nous volâmes obliquement vers l'ouest.

La distance était si courte, la stupéfaction des pirates si grande, que le navire tomba sur le reste de
la flottille, que nos gens criblèrent de coups d'espingoles. Le brick, qui manœuvrait dans la même direction, fit entendre sa fusillade. Les pirates ne ri-
postèrent que par quatre coups de canon et de rares
coups de fusil.

Mon sang bouillonnait dans mes veines ; je fis courir des bordées et tirer sur toutes les prauhs que
nous voyions. Le reste de la nuit fut ainsi employé,
mais nous tirions toujours vers le nord-ouest, où je
supposai que les prauhs qui nous avaient échappé
tenteraient de se diriger.

Quand le jour parut, une seule prauh fuyait au
nord, mais elle paraissait trop chargée ; le brick se
lança à sa poursuite. Mes yeux, en parcourant la
surface de l'Océan, y découvrirent des corps flottants
et une prauh qui surnageait la coque en l'air. Le navire s'orienta dans la direction du brick, dont la distance diminuait la voilure ; quelques heures après,
nous suivions une ligne parallèle. Nous eûmes en vue
une des îles Philippines : la prauh paraissait engagée dans des passes, et la mer bouillonnait à quelques encâblures en avant. Toutes les voiles furent
abattues, et nous envoyâmes un adieu à la prauh
qui nous échappait, grâce aux brisants. Nos boulets

ricochèrent à peu de distance, mais ne l'atteignirent pas.

En promenant ma lunette vers la côte de l'île, je distinguai parfaitement deux autres prauhs nageant en zig-zag à travers les rochers. La destruction n'était donc pas ce que je l'avais espérée : je résolus de faire une descente dans l'île, d'y poursuivre les Malais échappés à la mitraille et aux balles de nos navires. Nous virâmes au large. Kuriotis vint à mon bord : un de ses hommes avait été blessé à l'épaule, mais légèrement.

Je lui fis part de mon projet de descente dans l'île ; il me dit :

— Commandant, nous n'avons tiré que sur l'avant-garde de la flottille et sur deux navires envoyés pour reconnaître la cause des lumières flottantes. Les Malais ne les ont point prises pour des feux de navire ; elles étaient trop près de la surface de l'eau. Les autres prauhs se trouvaient disséminées en arrière, prêtes à fondre sur celui des navires qui se trouverait à leur portée ; nos boulets et notre mitraille n'ont pu atteindre qu'une ou deux prauhs ; c'est notre fusillade qui leur a fait le plus de mal. Dès qu'ils ont eu la certitude que nous montions des navires bien armés, ils ont rebroussé chemin d'autant plus facilement que leurs embarcations marchent de l'avant ou de l'arrière sans changer de bord. La prauh que j'ai poursuivie était probablement une de celles de l'avant-garde : elle a recueilli les blessés et les hommes dans les embarcations submergées. D'après mon estime, ils ont peut-être deux ou trois cents hommes. La sonde des navires ne permet pas un débarquement de plus de soixante hommes. Prenez votre lunette, examinez l'apparence de l'île. Des pointes de rochers, une chaîne de montagnes, voilà l'aspect qu'elle m'of...

Eh bien ! nos gens seraient tous tués jusqu'au dernier avant que nous eussions fait deux milles dans l'intérieur des terres : les Malais tireraient toujours à couvert. — Au reste, ajouta-t-il en remarquant probablement que j'étais contrarié, si vous ~~donnez de faire une descente, je m'offre à commander les hommes qui composeront la troupe.

—Non, Kuriotis, je ne veux ni vous sacrifier, ni aucun homme des équipages : remontons vers le 5° degré, ayant le semblant d'abandonner la poursuite : les pirates sortiront de leur repaire si, comme je le crois, d'après vos observations, ils n'ont pas essuyé un trop grand désastre ; il leur faut une revanche, et nous en voulons une aussi, Kuriotis.

La satisfaction se peignit sur son visage ; il avait craint de trouver plus de difficulté à me faire renoncer à mon projet de descente.

En voguant au sud, le brick retrouva la prauh qui flottait la coque en l'air. Il l'amarra, la fit tourner, mais l'eau la remplissait aussitôt ; elle avait été percée de deux boulets un peu au-dessous de la ligne de flottaison. Cependant ils parvinrent à la maintenir à flot et à retirer de sa cale des provisions de bouche et de guerre, avec trois petits canons.

Je donnai ordre, par les signaux, de tâcher de conserver cette embarcation : mon imagination avait déjà conçu plusieurs projets pour en tirer parti. Un chapelet de tonneaux vides et de longues planches la maintinrent à flot tandis que les charpentiers fermaient les trous des boulets. Ce travail ne fut pas long, car je vis la prauh quitter la remorque et nager dans les eaux du brick.

Nous découvrîmes plusieurs voiles au sud ; notre mission étant de poursuivre et d'exterminer les pirates, nous ne cherchâmes point à nous approcher des navires européens.

Jusqu'alors, sauf quelques bouffées rapides de vent, nous avions eu un temps favorable. L'aspect du soleil nous fit craindre un orage. Durant les tempêtes, les pirates, dont les petits navires sont construits pour la course, se réfugient dans les îles ; la grosse mer est trop forte pour eux. Nous avions une des Philippines en vue avec la lorgnette : je résolus de m'y diriger, d'y chercher un abri avec le vague espoir que les Malais, dispersés sur l'Océan, prendraient le même parti. Alors, nous pourrions encore agir vigoureusement contre eux.

Au signal donné, le brick changea de bord, et nous cinglâmes, voiles pleines, vers l'île. La chaleur était si accablante qu'il fallut employer une partie de l'équipage à arroser les ponts, les bordages et toutes les parties du navire qui flottaient au-dessus de la mer. Les matelots, dépouillés jusqu'aux hanches de leurs chemises, se versaient mutuellement des aspersions d'eau de mer sur la tête ; ces espèces de douches, dont le père Andriano avait conseillé l'usage, en rafraîchissant la tête et le corps, préservaient de ces maladies subites qui envahissent le cerveau et conduisent souvent au délire : elles fortifiaient en même temps le corps, épuisé par des sueurs abondantes. Les conseils du père Andriano, que les marins suivaient toujours scrupuleusement, maintinrent l'équipage en parfaite santé. Notre chirurgien en convint, et, loin de combattre les prescriptions hygiéniques du Père, il les adopta et en fit son profit.

Une chose particulière, et que le père Andriano avait été peut-être le premier à observer, c'est que l'usage des liqueurs fermentées, prises le matin ou dans le cours de la journée, n'est pas favorable à la santé des gens de mer, tandis que le même usage, aux approches de la nuit, donne du ton aux organes épuisés, convient aux fraîcheurs des nuits.

Dès que nous ne fûmes plus qu'à quatre ou cinq milles de l'île, les brisants se montrèrent en avant. La sonde donnait à peu de distance de chaque sondage une différence qui variait de dix à vingt-cinq et trente brasses, et rapportait les débris de madrépores. Les navires se trouvaient donc sur une côte dangereuse, et les apparences de l'orage devenaient de plus en plus certaines. Les orages sont terribles et durent longtemps quand la nature y prépare ses forces par gradation.

Les signaux du brick, plus près de la terre que nous, me demandaient des ordres. Je fis répondre de chercher une passe. La prauh s'avança aussitôt. Je la vis aller vers la terre en ligne droite, puis se détourner, décrire des demi-cercles ; enfin, elle poussa droit entre deux avancements de rochers et disparut. Le brick m'envoya sa chaloupe et suivit la même route que la prauh. Ils avaient donc trouvé une passe et un lieu d'ancrage.

Le vent commençait à grossir ; il portait le navire vers la terre. Les toiles furent ferlées ; nous ne gardâmes qu'un peu de toile à l'arrière. Cependant, le navire avançait : tous nos hommes étaient prêts ; tout ce parage nous paraissait dangereux. Une seule fois il toucha, mais légèrement, puis nagea dans une eau profonde. Je fis jeter une bouée sur ce passage.

Entre des rochers d'un aspect menaçant, brûlés par les ardeurs du soleil, entièrement dénudés, s'ouvrait un passage d'environ deux cents toises ; un canal profond s'avançait dans les terres qui continuaient les montagnes de la côte ; à un quart de mille, un large entonnoir où dormait une eau transparente, offrait un abri sûr.

— Nous sommes dans le cratère d'un volcan éteint, me dit le père Andriano ; il a fait son éruption sur la côte, brisé ses bords, et la mer s'est emparée de cet espace. Ici nous n'avons rien à craindre de la tempête.

— C'est vrai, lui répondis-je, mais voyez les bords de ce cratère ; si les Malais les occupaient avec quelques canons, ils nous écraseraient sans danger. Ils pourraient même incendier nos navires.

A l'instant où je faisais cette réponse, un coup de tonnerre si violent ébranla les airs que nous en restâmes étourdis : les éclairs se succédèrent presque sans intervalle, et les roulements lointains d'autres tonnerres traversèrent les étendues du ciel et furent répercutés par les rochers de la passe. Un nuage, couvrant le ciel, s'avança lentement, dérobant la clarté du soleil, comme dans une éclipse complète. On eût dit un immense rideau noir qu'une main invisible étendait dans l'atmosphère. Les ténèbres se firent subitement ; le grand réservoir d'eau sur lequel se balançaient nos navires bouillonna comme s'il eût été sur une fournaise ardente ; l'air devint lourd, étouffant, chargé de vapeurs sulfureuses.

Le père Andriano s'approcha de moi et me dit :

— Je crains un tremblement de terre ; j'ai plusieurs fois remarqué, dans ces contrées, de pareils symptômes, précurseurs des commotions terrestres.

Son visage me parut livide à la lueur des éclairs. Soudain le navire éprouva un tremblement de la quille au haut des mâts ; les bouillonnements de l'eau jaillirent jusque sur le tillac, et ces secousses se répétèrent sept fois en moins de dix minutes.

Nous nous regardions dans une consternation profonde, n'osant nous adresser la parole. Une secousse

plus violente que celles qui l'avaient précédée fut suivie d'un bruit si étrange, si massif, que nous ne sûmes
à quoi l'attribuer ; une pluie de pierres, de terre et
de matière qui frissonnait en tombant dans l'eau, cou-
vrit presque toute la grande nappe d'eau, bondit sur
nos ponts, le long de nos mâts, déchira les voiles,
brisa les cordages. La terreur nous saisit tous. Nous
tombâmes à genoux, et le Père entonna d'une voix
tremblante le psaume qui commence par ces mots :
De profundis clamavi ad te, Domine.

Pas une voix ne répondit ; la terreur nous rendait
muets. Cependant, les vents continuaient leurs hurlements ; on eût dit des millions de taureaux râlant
dans les airs. L'eau du grand réservoir avait repris
son calme : elle était jaunâtre et fumait ; de larges
gouttes de pluie tombaient en forme de grêle. Nous
fûmes inondés en peu d'instants ; mais cette aspersion
nous ranima. Prenant le porte-voix, je criai :

— Vigilance partout !

La vie reparut aussitôt, le navire, les cordages, les
mâts, furent parcourus, escaladés par les gens de l'é-
quipage. Ce mouvement secoua toutes les torpeurs :
les cris, les appels retentirent au milieu du bruisse-
ment effrayant des vents. Le navire n'avait éprouvé
aucune avarie sérieuse.

La nuit fut la continuation de cet épouvantable désordre des éléments ; mais l'équipage avait secoué sa
torpeur et repris le sang-froid qui distingue les véri-
tables marins.

Il y eut forte distribution de rhum après le repas.
Notre position n'offrait aucun danger. Tous ceux qui
n'étaient pas de quart regagnèrent leurs hamacs et
s'endormirent d'un sommeil provoqué par la fatigue
et par la tension d'esprit. Je me livrai aussi à ce sommeil réparateur, et lorsque je m'éveillai, un soleil res-

plendissant éclairait notre retraite, faisait fumer les ponts, les cordages et les voiles pendantes.

Une inspection générale constata de nouveau que les navires n'avaient presque pas souffert, et que l'équipage était au complet et en bon état. Tout fut préparé pour regagner la mer : la prauh, montée par dix rameurs, fila en avant du brick ; nous marchions à leur suite. Déjà nous enfilions le canal, lorsque nous reconnûmes la cause du bruit étrange que nous avions entendu la veille. Un nouveau volcan s'était ouvert dans les rochers sur la gauche, et fumait encore. Une partie du canal était obstruée, et nous avions à craindre d'être enfermés dans cette baie enfoncée dans les terres. En sondant sur la droite, la sonde annonça quinze brasses ; mon navire pouvait donc passer si le chenal était assez large. Le brick s'engagea et reconnut que le passage était praticable : je m'y aventurai avec anxiété, et mon cœur ne se desserra que lorsque je me vis hors de ce passage.

La bouée n'existait plus. Il fallut avancer la sonde à la main, avec lenteur. La prauh, qui ne tirait pas plus de deux pieds d'eau, nageait sans obstacle, mais les hommes qui la conduisaient signalaient à chaque instant des hauts-fonds. Tout-à-coup les hommes cessèrent de ramer et nous firent des signaux que nous ne comprenions point ; le brick rebroussa chemin, entra sous l'abri des rochers, et nous apprîmes qu'une nuée de prauhs étaient amarrées sur la côte à l'ouest. Nous ne pouvions avoir été aperçus, notre voilure n'atteignait pas la centième partie de la montagne qui nous couvrait.

J'ordonnai à la prauh de continuer le sondage, de jeter des bouées, et, parant toutes les voiles, nous fîlames doucement tant que le bouillonnement annonça les écueils, puis à pleines voiles dès qu'ils furent dépassés.

Nos gens avaient exagéré le nombre des prauhs malaises : à l'aide de ma lunette je n'en découvris que sept, mais peut-être un plus grand nombre se trouvait abrité dans les échancrures du rivage.

Les Malais nous aperçurent, car il se fit un grand mouvement dans leurs embarcations. Nos navires avaient pris le large, mais inclinaient vers le point de la côte où se trouvaient les Malais. Ou les pirates allaient accepter le combat; alors, nous ne devions le livrer qu'au-delà des brisants; ou ils resteraient tranquillement sur la côte, s'il n'y avait pas assez de profondeur d'eau pour nous permettre d'en approcher à la portée du canon; ou, enfin, si la chose était possible, ils allaient chercher un abri dans les criques enfoncées. Ce qu'ils allaient faire me renseignerait. Le tambour battit le branle-bas sur les deux navires, et le pavillon hollandais fut arboré.

Un instant, je crus qu'ils acceptaient le combat; les hommes qui étaient à terre se jetaient à la hâte dans les navires. Mon attention continua; je fus bientôt informé de leurs intentions par les mouvements de leurs flottilles. Les prauhs se mirent à la file, rasèrent le rivage au plus près, et s'éloignèrent vers l'ouest. Nous les suivîmes à distance, en tenant une ligne presque parallèle; mais alors la mer se trouva si hérissée d'écueils, même à la distance où nous nous tenions, que je compris leur plan : cette partie de l'île était inabordable pour des navires ayant notre tirant d'eau. Il fallut chercher une mer plus libre et nous éloigner de la côte. Cela me désespérait : j'avais là, à deux portées de canon, les ennemis que j'avais mission de combattre, et ils allaient m'échapper encore.

J'appelai au conseil Kuriotis et tous les marins les

plus expérimentés du bord. Après une longue délibération, il fut arrêté que le brick s'avancerait à l'ouest,
et que mon navire garderait sa position. Dix hommes de mon équipage montèrent la prauh, armée de
six canons; le brick en fournit autant du sien. Ce petit navire voguerait de conserve à l'avant du brick.
Ainsi, nous espérions que les pirates ne pourraient
fuir à l'ouest sans être découverts, ou qu'ils seraient
forcés de passer entre nos deux navires.

Quand le brick se fut éloigné, Hugon, le marin breton, m'aborda et me dit :

— Commandant, je reconnais cette île. C'est là que
je fus amené quand les pirates eurent surpris notre
navire. Les Malais y ont un grand dépôt d'armes et
de provisions : ils y portent aussi leur butin. Je ne
me trompe point, c'est dans une vallée, au nord de ce
pic que nous avons à tribord, qu'est établi cet arsenal
et ce dépôt.

Je le fis entrer dans les détails que lui fournit sa
mémoire, et je restai convaincu que ses renseignements étaient fondés.

Mon ardeur fut de nouveau encouragée. D'un coup
de filet je pouvais enlever aux pirates leurs ressources pour les courses, en détruire une partie, et enri-
chir mon équipage, dont la plupart des hommes
avaient été alléchés par l'espoir du butin.

Je passai la nuit entière à combiner mon plan. Le
matin il se trouvait arrêté. Que les pirates s'éloignas-
sent ou non, leurs armes, leurs vivres et leur butin
allaient leur être enlevés ; c'était leur porter un coup
terrible.

Je m'approchai du brick et lui fis le signal de revenir. Voici le rapport de Kuriotis :

— Les Malais paraissent décidés à ne pas quitter
l'île. Ils ont maintenant neuf embarcations. Toutes se

sont enfoncées dans les criques. Ils ont placé des sentinelles sur le rivage pour surveiller nos mouvements.
Deux autres îles sont en vue au nord ; ils en appelle-
ront des secours. Telle est notre situation.

Hagon lui fit son récit. Cette fois, Kuriotis applau-
dit à mon plan : il ne voulut y changer qu'une chose.
Il proposa de charger le brick de tous les hommes
dont mon navire pourrait se passer, de prendre nos
deux chaloupes, le canot et la prauh, et de tenter l'a-
bordage la nuit même. Quoiqu'il fût certainement contrarié de retourner à bord, puisque je me chargeais de
conduire l'expédition, il ne m'en dit rien.

Pour détourner l'attention des Malais, les deux navires s'avancèrent à l'ouest, tandis que la prauh, ma-
nœuvrée par vingt vigoureux marins, alla explorer
les bords de la côte.

Les suppositions de Kuriotis se trouvèrent vérifiées.
Nous découvrîmes une prauh gagnant, à la voile et à
la rame, une des îles qu'il avait aperçues. Nous agî-
mes comme si nous ne les voyions pas, et revînmes
tout doucement à l'est vers le soir.

VI. — Débarquement. — Butin. — Attaque imprévue. — Flot-
tes de Malais. — Le navire prend chasse. — Le capitaine de
la frégate française l'Alcyon. — Poursuite et dispersion des
pirates — Séparation. — Le navire touche. — Arrivée à
Ceylan. — Retour du brick à Batavia. — Chasses. — Surprise
de la part des Malais.

La mer était aussi douce que nous pouvions la désirer ; nos hommes destinés à l'expédition descendirent
dans les chaloupes et dans la prauh ; le brick les suivait. L'eau se trouva assez profonde pour que le brick
pût mouiller à un demi-mille du rivage. Quand il laissa

tomber son ancre, la prauh avait déjà atteint le rivage, ses hommes en étaient descendus, et, selon mon ordre, avaient placé des sentinelles avancées.

Mon débarquement se fit peu après, et vers dix heures du soir, tous nos hommes étaient à terre. Ils se mirent en cercle sur le rivage, et une distribution de rhum fut faite. Le courage de l'homme dépend, plus qu'on ne le pense, de l'estomac. Chacun visita son arme, et, après avoir laissé dans les embarcations, dont les canons étaient chargés, un nombre suffisant d'hommes pour les protéger, nous nous mîmes en route sous la conduite de Hugon.

La grève s'élevait doucement jusqu'à la jonction de deux montagnes : à cette jonction, s'ouvrait une vallée couverte d'arbres; notre guide rampa à terre comme un limier, et découvrit un sentier. Il s'y avança avec dix hommes; je venais après, presque sur ses talons, avec le reste de la troupe. La route était difficile, tortueuse, mais non embarrassée d'arbustes et de plantes grimpantes. On voyait bien qu'elle était fréquentée. Hugon nous attendit près d'un ruisseau.

— Le fort est à cent pas, me dit-il à voix basse; je ne pense pas qu'il soit désert.

Il y eut une halte, et mes gens purent se rassasier d'eau fraîche. Notre marche avait duré une heure environ.

Hugon repartit ensuite avec dix hommes de plus, et je le suivis, prêt à le soutenir. Ils se trouvèrent, à notre arrivée, en présence d'une masse noire couverte d'arbres et impossible à apercevoir.

— Voilà leur fort, me dit-il encore plus bas que la première fois. Je n'ai encore vu ni lumière ni fumée. Cependant, il doit y avoir des gardiens.

La nature m'a doué d'un caractère assez impatient : je voulus connaître l'état des lieux. Je m'avançai jusqu'au fossé, et je reconnus que la palissade était en bambous, dont les intervalles étaient remplis de terre. Le fossé avait la profondeur de la hauteur d'un homme ordinaire, et les palissades s'élevaient de plus de quinze pieds au-dessus. C'était une escalade facile pour des marins, dans le cas où il faudrait en venir à l'escalade.

Je mesurai quarante pas de façade de notre côté. L'autre partie du fort était adossée au rocher.

— Camarades, dis-je aux marins qui me suivaient, il faut que nous sachions si cette cahutte couvre des habitants. Escaladez cette muraille et comportez-vous bravement!

A peine cet ordre était-il donné, que les matelots grimpèrent comme des singes au sommet du fort. Mes autres gens se dispersèrent autour, et chacun monta à l'assaut.

Le fort ne renfermait que trois vieillards, cinq vieilles femmes et plusieurs enfants. Ils furent surpris par mes gens à l'instant où ils faisaient des cartouches. Il n'y eut pas de résistance. La lourde porte en troncs d'arbres fut ouverte, et nous entrâmes dans ce réduit où les pirates recélaient les produits de leurs courses et fabriquaient leurs armes. Avant de faire l'inventaire de cette retraite, j'envoyai plusieurs hommes sur le sentier, et d'autres chargés de circuler autour du fort.

Les habitants de cette retraite occupaient un tout petit espace près de la porte d'entrée. Le reste de l'intérieur, qui me parut très vaste, quoique encombré d'armes d'un côté, de ballots et de caisses de l'autre, se trouvait plein jusqu'à la toiture. A la lueur des lanternes dont nous étions munis, nous enlevâmes les ballots, et, sans perdre notre temps à en examiner l'intérieur, nous les transportâmes au-dehors, où la

moitié de nos gens les chargeaient sur des brancards
en bambous, car rien n'égale l'habileté du matelot
pour les transports, surtout quand il s'y croit intéressé,
et les transportaient au rivage, où les hommes de
garde les chargeaient sur les embarcations, qui les
emmenaient à bord du brick.

Ce magasin était inépuisable : nos gens avaient
déjà fait plusieurs fois le trajet du fort au rivage, et à
peine avions-nous enlevé la moitié des objets ren-
fermés dans le fort. Le jour nous éclairait. Je fis alors
faire le choix de ce qui me parut le plus précieux, et
mes gens, chargés à se courber sous le poids, repri-
rent la route du rivage. Nous avions encloué les canons, brisé toutes les armes que nous ne pouvions
enlever. Les prisonniers furent conduits à une certaine distance du fort, attachés à des arbres, et des
fagots de bois sec entassés dans l'intérieur. On y mit
le feu, et nous nous éloignâmes. Déjà nous entendions
le crépitement de la flamme, des nuages de fumée se
courbaient sous le souffle du vent, qui les poussait
vers la mer, lorsqu'une détonation épouvantable
ébranla les airs, et nous arrêta court. Le feu avait atteint le magasin à poudre, que nous n'avions pas découvert, et l'explosion venait de faire rapidement
l'œuvre que nous avions confiée au feu.

A notre arrivée, nous trouvâmes nos gens fort inquiets; cette affreuse explosion, qui avait été en-
tendue des deux navires, les avait remplis de crainte
à notre sujet. Il fallait partir; mais les embarcations
ne suffisaient pas au dernier transport du butin et
aux hommes. Je restai sur le rivage avec soixante
hommes, attendant le retour des embarcations.

La réussite de mon plan aurait dû me rendre le
cœur joyeux ; cependant j'éprouvais un pressentiment
qui me fatiguait. Il me semblait que j'allais éprouver

quelque malheur. Je mis des sentinelles sur la hauteur.

Déjà les embarcations abordaient le brick; je voyais les hommes empressés à y transporter le butin, et, encore une heure d'attente, et j'allais voir les embarcations nager vers le rivage, lorsque les sentinelles accoururent et nous signalèrent un gros des Malais qui n'étaient pas à plus d'un mille et qui venaient directement sur nous. D'un coup d'œil, je vis notre position. Une pointe de rocher s'avançait le long de la crique où devaient aborder nos chaloupes; il était assez spacieux pour contenir mes hommes; je les y fis passer et coucher contre le rocher, puis, accompagné de quelques hommes, je courus sur le monticule d'où l'on découvrait l'ennemi. J'appréciai le nombre des Malais à deux ou trois cents hommes; ils s'avançaient en bandes détachées et très rapidement. Ils devaient nous atteindre avant le retour des chaloupes. Je revins sur mes pas, et examinai encore les lieux. La position prise était la plus convenable pour l'embarquement. Nous fîmes des signaux au brick, mais occupé de l'emménagement du butin, il ne les aperçut pas. Nous vîmes bientôt l'ennemi sortir d'un pli du terrain et s'avancer sur la grève. Nos hommes, couchés sur la grève, ne furent pas d'abord aperçus; les Malais poussèrent d'affreuses clameurs; mais ils nous découvrirent malgré le soin que nous prenions d'échapper à leur vue. Ils firent sur le rocher une décharge générale : deux des nôtres furent atteints. Ils voulaient riposter; je leur commandai d'attendre que l'ennemi fût plus rapproché. Tous mes hommes avaient des espingoles chargées de dix balles.

Notre silence encouragea l'ennemi; il avançait en désordre; dès qu'il fut à demi-portée, je commandai le feu. Quand le vent eut emporté la fumée, je vis la

grève couverte de corps, dont quelques-uns s'agitaient
dans des convulsions de douleurs, et le gros des Malais qui se portait à la gauche, vers les parties boisées.

Ces décharges attirèrent l'attention du brick : les
chaloupes s'en détachèrent à la hâte; le navire lui-
même se rapprocha du rivage. Le secours ranima mon
espoir; je commandai à mes gens de se tenir prêts à
sauter dans les embarcations. Mais l'ennemi, qui les
avait vues, s'était glissé de l'autre côté de la crique,
et commença une vive fusillade, à laquelle il eût été
inutile de répondre. Notre position devenait très cri-
tique, lorsque les canons du brick commencèrent à
gronder. Leurs boulets prenaient en travers l'autre
côté de la crique et balayaient les ennemis. Ils ne cé-
dèrent pas pour cela; imitant notre tactique, ils se
couchèrent sur le rocher et continuèrent sur nous
leur fusillade avec une grande vivacité.

Ce fut donc sous une grêle de balles que s'opéra
notre débarquement; elle nous pourchassa, même
lorsque nous étions hors la portée de la balle. Trois
hommes furent tués, seize blessés plus ou moins
grièvement. J'avais reçu une balle dans mes habits.
Leur épaisseur me sauva, car j'étais atteint à la
ceinture.

Je montai sur le brick, le cœur brisé à la vue de
nos hommes blessés que l'on enlevait à bord. Mais je
ne voulus pas m'éloigner sans envoyer un souvenir
aux sauvages Malais. Nous courûmes plusieurs bordées
en avant, et toutes nos pièces leur envoyèrent une
pluie de mitraille.

Telle fut la fin d'une expédition qui avait été si
heureusement conduite, et qui ne nous eût pas coûté
une goutte de sang si le butin ne s'était pas trouvé si
considérable, et si nous avions pu nous rembarquer
tous ensemble. La perte de mes hommes me fut très

sensible : j'avais assisté à des scènes de sang et de mort, mais je n'avais point vu un succès aussi complet se changer en retraite et en perte d'hommes. Les événements qui se préparaient allaient bientôt éveiller en moi d'autres sentiments et attirer toute mon attention.

Nous avions gagné le large : l'île n'était plus visible qu'avec la lorgnette; et nous répartissions le butin sur les deux navires, car le brick se trouvait réellement encombré au point d'empêcher la manœuvre. Cette occupation, qui s'exécutait avec la plus grande activité, distrayait de toute autre pensée et animait nos équipages. Le père Andriano vint me trouver; il me parut soucieux.

— Et nos blessés, lui dis-je, comment les avez-vous laissés; qu'en pense le chirurgien?

— Ils pourront tous se sauver, commandant, mais je crains bien que vous en ayez bientôt un plus grand nombre à coucher sur les cadres. Les Malais voudront une revanche; j'ai trop longtemps habité ces contrées pour ne pas connaître leur caractère et leur courage farouche. Ils se trouvent presque au centre de leurs forces : dans l'espace de quelques jours, ils peuvent revenir trois ou quatre flottilles et vous attaquer avec des forces tellement supérieures, que si vous vous en tirez sans perdre vos navires, votre retraite sera plus désastreuse que celle de l'île.

Le père Andriano était un homme d'une grande capacité; les événements d'une existence pleine de dangers l'avaient rendu attentif à tout, et très prévoyant. Ses paroles me firent réfléchir. Je hâtai l'aménagement du butin, rétablis les désordres que ces travaux avaient nécessairement jetés sur les navires; en un mot, je pris toutes les mesures pour être en état de résister à toute attaque. Je revenais de visiter les blessés, lorque Hugon, qui faisait la vigie, me cria qu'il croyait voir des navires à l'ouest, mais tellement confondus dans la ligne de l'horizon, que ce qu'il prenait pour des navires pourrait bien être des nuages. Un mousse lui porta une grande lunette. Il la tint longtemps braquée, le roulis lui rendait l'observation difficile ; enfin il me cria :

— Navires à l'ouest !

Puis, se laissant glisser jusqu'auprès de moi, il me dit à voix basse :

— Ce sont des prauhs de Malais ; leur nombre me paraît considérable.

— Tant mieux, dis-je en affectant une grande joie, nos canons en auront raison.

— Commandant, les navires sont surchargés, mal aménagés : voyez comme les coups de tangage sont durs. Leur marche sera ralentie, et les manœuvres moins régulières. Enfin, voulez-vous que je vous le dise, l'équipage risquera à contre-cœur le combat ; nous avons un trop riche butin.

— Ainsi, Hugon, vous me conseilleriez de fuir devant les pirates que je dois pourchasser et détruire ?

— Je ne conseille rien, commandant. Je vous dis ce que l'expérience de la mer et la connaissance de ces barbares m'ont appris : vous serez toujours obéi.

Je pris un ton plus amical et lui dis :

— Faites-moi part de toutes vos réflexions, Hugon ; vous savez que je les écoute toujours avec intérêt.

— Eh bien ! commandant, voici ce que je pense : les pirates connaissent nos forces, la supériorité de nos canons ; s'ils viennent à nous, c'est qu'ils ont réuni toutes leurs prauhs, et qu'ils se croient en état de nous vaincre. Ils gagneront de l'espace sur nous ; leurs navires sont moins chargés, plus légers, vont à la voile et à la rame, et, ce qui est encore pire pour nous, c'est qu'ils combattront avec la rage la plus sauvage. Nous avons enlevé leur butin.

— Ne communiquez vos réflexions à personne, Hugon ; prévenez le lieutenant et faites venir le commandant du brick.

Quand nous fûmes réunis, je fis connaître notre situation, l'approche présumée des Malais en nombre considérable, et je les priai de me communiquer leurs opinions. Kuriotis connaissait l'approche des Malais ; il me répéta ce que Hugon m'avait déjà dit, et fut d'avis de nous élever vers la ligne, d'entrer dans la route fréquentée par les navires, de chercher à nous débarrasser d'un lest qui fatiguait nos navires et les encombrait, ensuite de revenir donner la chasse aux pirates, qui se trouveraient dispersés et moins à redouter. Cette opinion me contrariait ; je ne voulais pas fuir un ennemi que j'étais venu chercher, mais aussi il eût été imprudent de m'obstiner contre l'avis de tous. En cas d'échec, toute la responsabilité retombait sur moi, ou sur mon nom si je périssais : je me rendis donc à l'opinion générale, et j'ordonnai de nous éloigner aussi rapidement que le permettait la charge de nos navires.

Vers le soir, la flottille des Malais était très visible ; je comptai vingt-cinq prauhs ; ils gagnaient sur nous, car ils avaient le vent arrière.

Une certaine inquiétude se manifestait sur tous les visages. Chacun devait recevoir une riche part de butin, et ainsi que me l'avait dit Hugon, tous étaient désireux de ne pas la compromettre dans les chances d'un combat.

Je songeai au secours que je pouvais tirer de l'aumônier ; je le priai de relever le courage de nos gens après la prière du soir. Il en comprit la nécessité et s'acquitta en homme de cœur de sa mission.

Dès qu'il fit nuit, nous changeâmes de route, et pour tromper les pirates, nous voguâmes à l'est-sud-est, espérant rentrer dans la ligne suivie par les navires d'Europe.

Il est certain que si j'avais pu compter sur l'énergie de nos équipages, j'aurais couru au-devant des pirates, mais la réflexion me fit sentir que le parti que nous prenions était le meilleur et le plus sûr.

Agité par ces fluctuations d'idées, je me promenais sur le pont, sondant, avec ma lunette, tous les points de l'horizon. Je découvris tout-à-coup au sud une immense voilure qui se dessinait sombre dans la limpidité de la nuit.

— C'est un navire de guerre, me dis-je, aucun autre n'a des mâts aussi élevés, et cette immense voilure ; il marche sur nous.

Aussitôt je fis allumer tous les fanaux ; un choc contre ce vaisseau allant à toutes voiles nous eût brisés. Tous nos gens se rendirent à leur poste ; en mer, la rencontre d'un bâtiment est une bonne fortune quand il n'est pas ennemi. Cependant, le vaisseau avançait, déjà l'étendue de ses voiles nous dérobait la clarté de la lune, lorsque nous fûmes hélés.

— Holà du vaisseau ! quel pavillon ?

Cette demande était faite en français. Je pris le porte-voix et répondis :

— Hollandais ! navire en croisière contre les pirates malais.

Le porte-voix du vaisseau français se fit encore entendre.

— Envoyez votre canot à bord, avec un officier !

Le bonheur que j'éprouvai en entendant parler ma langue maternelle sur un autre bord que le mien fut

tel que je m'élançai dans la chaloupe comme un enfant curieux, et aidai à pousser les rames. Je grimpai
le premier sur l'échelle et me trouvai sur le pont en
face du commandant. Nous nous considérâmes un instant en silence, puis deux cris partirent de nos bou-
ches : Mahé ! Paul ! et nous nous jetâmes dans les bras
l'un de l'autre. Le commandant du vaisseau de guerre
français était Pierre Mahé, mon premier lieutenant,
mon protecteur, mon ami.

— Venez, Paul, me dit Mahé en passant son bras
sous le mien ; venez, mon enfant (il songeait au
passé) ; ce n'est pas sous les yeux de mes gens que
doit se faire notre entrevue après tant d'années. Oh !
Landren, que vous m'avez causé de nuits d'insomnie.
Pauvre Paul, ajoutait-il en me serrant le bras contre
sa poitrine, je connais une partie de vos aventures,
Yvonnet me les a racontées.

— Yvonnet ! m'écriai-je ; il est ici, le bon, le brave
Yvonnet !

— Vous allez le voir, Landren ; venez.

Il se tourna vers ses gens et leur commanda de bien
fêter les hommes de ma chaloupe. Puis nous descendîmes dans sa cabine.

— Comme vous avez grandi, Paul ; mais vous êtes
aujourd'hui un homme. Comment avez-vous repris la
mer ? vous avez fait une grande perte, je le com-
prends. Allons, allons, soyons heureux ! nous nous
retrouvons ! Pauvre petit Paul, je vous ai bien cru
perdu ! Vous allez me conter la suite de votre histoire
en soupant. Mais quel est ce bruit?... ah ! c'est Yvonnet ; il arrive comme un coup de vent. Tenez-vous
bien, Paul, il va vous étouffer.

Effectivement, mon camarade entra sans cérémo-
nie. Il ne me reconnut pas d'abord sous mon habit de

capitaine ; puis, j'étais bien changé. Mais je ne pus y tenir.

— Eh bien ! Yvonnet, mon vieux camarade, tu ne reconnais pas le petit Paul ?

Je l'attirai à moi et le serrai dans mes bras. Yvonnet, ce rude matelot, cette âme de bronze, se laissa faire. Il fondit en larmes et ne put que me dire :

— C'est toi, mon petit Paul.

Je l'embrassai une seconde fois : il s'essuya les yeux avec sa manche, et, souriant entre ses larmes, il me dit :

— Je croyais que je ne te reverrais plus, Landren.

— Allons, mes amis, nous dit Mahé, mes officiers vont arriver ; n'ayons pas l'air d'être émus. Tu souperas avec nous, Yvonnet, là, près de ton vieux camarade.

La conversation s'engagea, je tins longtemps la parole, Mahé me caressait de ses regards comme un père caresse un fils chéri.

— Ecoutez, Landren, me dit-il, nous allons tous au même but. Les Malais ont enlevé plusieurs de nos vaisseaux marchands ; je suis à leur recherche ; vous me dites qu'ils ne sont pas loin, et en grand nombre ; demain ils entendront les canons de la marine royale française. Quelles sont vos forces ?

Quand je lui eus raconté nos dernières aventures, il me dit :

— Y eût-il cent prauhs, nous en aurons raison demain... pourvu qu'ils ne s'enfuient pas durant la nuit, car il est impossible qu'ils ne nous aient pas découverts.

Nous restâmes seuls et dressâmes notre plan d'attaque. Je renvoyai mes hommes à mon bord avec un ordre écrit pour le lieutenant et pour Kuriotis. Je passai le reste de la nuit avec Mahé, qui se trouvait être commandant de l'*Alcyon*, de la marine royale.

Les signaux de mon brick annoncèrent les flottilles malaises à l'ouest. Le brick était de plusieurs milles en avant de nous : après m'être concerté avec Mahé, je retournai à mon bord.

La joie y était générale, et, à présent qu'on se voyait appuyé par une belle frégate de la marine française, personne ne doutait du succès et ne songeait au danger que pourrait courir sa part de butin.

Mon navire, toutes voiles au vent, cingla vers les pirates. Le brick était à un demi-mille en avant, et la frégate française, qui retenait sa marche, en arrière de la même distance.

Il y eut un temps d'arrêt dans les flottilles, notre marche agressive parut les surprendre ; puis, probablement que les grandes voiles de la frégate leur apparurent, car elles pointèrent au nord, évidemment pour nous échapper. Mahé et moi avions prévu cette manœuvre. La frégate se lança dans une direction oblique pour les séparer des terres les plus voisines ; je marchai droit sur le centre des flottilles, et Kuriotis s'avança, de son côté, vers le sud-sud-ouest. Nous les prenions entre trois feux.

Les pirates, qui tenaient une ligne d'environ deux milles, se rompirent et leurs prauhs cherchèrent à fuir dans toutes les directions.

— Serrez le vent ! courez au plus près et coulez les prauhs à portée ! criai-je aussitôt.

Nous arrivions comme des ouragans sur les flottilles disséminées, mais elles gagnaient sur nous, trop pesamment chargés. Il n'en était pas ainsi de la frégate : elle s'était interposée au nord, et déjà ses boulets foudroyaient les Malais. Le brick aussi commença ses, feu; je me désolais de ne pouvoir me mêler à l'action.

Ce ne fut pas un combat; les ennemis se dispersèrent, nous lâchant quelques coups de leurs petits canons, dont les boulets se perdirent dans la mer. La frégate les pourchassait avec ardeur, et bientôt nous les perdîmes de vue à l'horizon. Honteux de n'avoir pu lâcher une seule bordée, je ralliai à moi le brick et nous voguâmes de conserve à l'ouest-nord-ouest, direction suivie par la frégate.

L'obscurité descendit sur l'Océan; un feu lointain nous porta à croire que c'étaient les fanaux de la frégate; nous nous y dirigeâmes à toutes voiles. Mais ce feu restait immobile.

— Attention! m'écriai-je, nous courons sur la terre.

Il était trop tard; le navire heurta un écueil. Ce coup l'ébranla jusque dans les mâts, puis il se mit à talonner, tandis que l'on criait d'en-bas :

— L'eau pénètre dans le navire!

A ce cri de terreur, que j'avais entendu dans mon premier voyage, je descendis avec précipitation dans la cale. L'eau montait d'une manière effrayante. Je fis sonder autour de nous, on ne trouva que trois brasses. Nous ne pouvions pas couler. Cette nouvelle rassura l'équipage. Le brick vit notre signal de détresse, trois fanaux en triangle. Il arrêta sa marche et nous envoya sa chaloupe.

L'eau montait toujours; le navire avait déjà deux pieds d'eau au-dessus de la ligne de flottaison. Mais il resta alors immobile. Tandis qu'on serrait toutes les voiles, je fis sonder, à travers les caisses et les ballots qui encombraient la cale. On ne put découvrir la voie d'eau.

Une partie de la nuit se passa à déblayer la cale, la

mer se retirait, et, comme le navire touchait à fond, l'eau baissait en même temps que celle de la mer. Vers deux heures du matin, il n'y avait plus que deux pieds d'eau. Les matelots y descendirent pieds nus et trouvèrent l'ouverture.

On fit ce que j'avais vu faire en pareille situation ; des couvertures goudronnées furent jetées et enfoncées dans l'ouverture, et lorsque les pompes eurent fait le sec, les charpentiers clouèrent de fortes planches en travers, fermèrent de leur mieux toutes les fissures, et quand je me fus assuré que le tout pouvait résister à la mer, et qu'il n'y avait pas d'autre voie d'eau, je fis rétablir le désordre et me tins prêt à profiter de la marée. A midi nous étions en dehors des écueils.

En mer, il faut toujours être sur le qui-vive, car le danger nous enveloppe de tous côtés. Quand nous fûmes dans une eau libre, une nouvelle voie d'eau se déclara sous la proue. La terre apparaissait à environ quinze milles ; mais quelle était cette terre ? Je pris la hauteur, et reconnus avec joie que nous devions nous trouver au sud de l'île de Ceylan, où les Hollandais possédaient des comptoirs.

Les pompes jouèrent activement. Nous étions maîtres de la voie d'eau, mais le travail était écrasant. Le navire marchait lentement, mais il avançait vers l'île, dont les montagnes s'élevaient au-dessus du niveau de la mer à mesure que nous approchions.

Le pavillon hollandais flottait au haut du mât ; si nous étions en vue d'un établissement hollandais, et si nous faisions fausse route pour nous approcher de la côte, il nous arriverait un canot et un pilote. Effectivement, nous en découvrîmes un qui s'éloignait de la terre et portait sur nous. Il nous guida dans un port assez spacieux entouré de quais et bordé de maisons hollandaises.

Nous y fûmes parfaitement accueillis; on y connaissait déjà nos expéditions contre les pirates, dont quelques prauhs avaient trouvé un refuge sur la côte ouest, bordée de rochers et d'un abord dangereux.

Le résident, Van-Dortheim, eut soin que l'on nous fournît des provisions fraîches, fit transporter nos blessés à terre, où ils trouvèrent de bons lits, une nourriture convenable et des soins qui leur manquaient sur le navire.

Quand je lui eus fait connaître les embarras que nous avaient causés les ballots et les autres parties de notre immense butin, il me dit :

— Ne vous en inquiétez plus. Tout va être transporté dans les magasins de la Compagnie; nous en ferons un inventaire en votre présence, nous en débattrons les prix et nous vous donnerons de bon argent comptant après avoir prélevé la part qui revient à la Compagnie, d'après nos statuts et règlements.

Rien ne pouvait m'être plus agréable que cette proposition. Le transport fut aussitôt commencé : nos équipages, que cet arrangement satisfaisait, se prêtèrent avec ardeur au travail. Le navire fut complètement délesté, ses canons transportés à terre; il fallait le coucher sur le flanc pour opérer un radoub complet. Le brick fut aussi déchargé et scrupuleusement visité dans sa cale : il se trouvait en état satisfaisant.

Hugon me rapporta un fait singulier qui doit trouver ici sa place.

— Dès que le navire a été à l'ancrage, me dit-il, même avant qu'on eût commencé le travail du transport de la charge, j'étais assis sur l'avant et fumais tranquillement ma pipe; la nuit approchait. J'entendis tout-à-coup le bruit que fait, en tombant dans l'eau, un petit corps qui s'y agite aussitôt; ce bruit se

6

répétait à intervalles égaux, et c'était toujours le même. Curieux d'en connaître la cause, je me penchai sur la mer. Devinez ce que j'y vis, commandant? oh! vous ne le devineriez jamais! Je vis les rats du navire qui nageaient à la file en se tenant par la queue; plus loin, une autre file s'était formée, et les deux bataillons nageaient de conserve vers la terre.

— Bon voyage! leur dis-je; mais je me gardai bien de les troubler; le navire était trop heureux d'en être débarrassé. Le nombre en était si considérable, que je suis étonné qu'ils ne nous aient pas tous dévorés. Je me réjouis alors d'être au port, car il est tenu pour sûr et certain par tous ceux qui ont longtemps pratiqué la mer, que les rats d'un navire ne le quittent que lorsqu'il doit couler.

Le père Andriano sourit.

— Vous croyez, mon brave Hugon, que les rats ont plus de prévisions que les hommes?

— Il le faut bien, répondit Hugon; les marins restent sur leur navire jusqu'à ce qu'il ait sombré, et les rats décampent longtemps auparavant.

— Je vais vous expliquer pourquoi, Hugon, les rats paraissent plus prévoyants que les marins. Les uns habitent au grand air, à la lueur du soleil; ils n'entrent dans leurs cadres que pour y dormir; les rats sont les habitants des ténèbres dans la cale : ils la parcourent, la fouillent dans toutes ses parties; si les rat pouvaient parler, s'ils rendaient compte de leurs observations, ils vous diraient : Les bas-fonds du navire sont pourris et rongés par ces petits vers que vos yeux ne voient pas parce qu'ils ne percent pas la surface du bois, mais ils en rongent l'intérieur, et quand il ne reste plus qu'une mince épaisseur, le moindre choc, une grosse lame, ouvrent des voies d'eau qu'on ne peut boucher, parce que le mal est général, et si

le navire est en haute mer, il est perdu. C'est en
trottant sur les membrures creuses que les rats se
rendent compte de leur état, car le rat, comme toutes
les créatures de Dieu, a reçu en partage l'instinct de
la conservation, dévelopé par une existence toujours
forcée à la réflexion. Je suis convaincu, commandant,
que votre navire est rongé par les tarets (nom donné
aux vers qui dans l'Inde rongent la coque des navires).

La visite du navire prouva la justesse de la prévi-
sion du père Andriano. Il fut jugé incapable de reprendre la mer.

Je me trouvais donc sans navire ; il fallait un ordre
du conseil de Batavia pour qu'un autre navire me fût
confié. Le brick, réparé de toutes ses avaries, partit
pour Batavia. Je ne sais quelle malheureuse idée me
retint à Ceylan : je voulais explorer cette île, connaître ses productions et ses habitants ; je ne puis, encore
aujourd'hui, m'expliquer cette détermination, qu'en
faisant entrer en ligne de compte l'espoir que j'avais
de revoir l'*Alcyon* et de prendre du service à son bord.

L'affaire du butin fut réglée équitablement et à la
satisfaction de toutes les parties prenantes. Le séjour
aux établissements convenait peu à mon équipage,
mais il s'y résigna afin de ne pas servir sur un autre
bord que sur celui où je commandais.

Ainsi, Kuriotis partit avec un équipage augmenté
en hommes et en artillerie ; il pouvait faire de fâcheu-
ses rencontres. Ce fut avec tristesse que je me séparai
d'un homme que j'avais apprécié trop tard.

Le père Andriano resta aussi aux établissements. Je
ne lui avais pas confié l'idée que j'avais de prendre du
service à bord de l'*Alcyon* ; il attendait donc aussi
qu'un autre navire hollandais me fût confié pour s'embarquer avec moi.

Le climat de Ceylan, sujet à de fréquents changements de température, à des orages aussi fréquents que violents, convient peu aux Européens; l'intérieur du pays est d'une prodigieuse fécondité : il produit toutes les épices, toutes les variétés de fruits, d'oiseaux, d'animaux et de reptiles; les carnassiers y vivent en grand nombre et y sont une des plaies du pays, avec les maringouins, les moustiques et les fourmis.

Deux races d'hommes peuplent cette grande presqu'île; les terres basses ont pour habitants les Chingulais, peu différents des Malais. Les forêts et les montagnes servent de retraite aux Bedhahs, race timide, paresseuse, vivant à l'état nomade. Ils fuient tous les autres habitants, et surtout les blancs, qui les pourchassent comme les bêtes fauves de leurs forêts. Les Chingulais les prennent pour les vendre comme esclaves aux habitants du continent.

Le résident m'avait donné une habitation fort vaste, où purent loger tous les officiers de mon bord, le reste de l'équipage était cantonné dans un grand magasin où, par les bons soins du résident, ils trouvaient toutes les aisances de la vie. Nous vivions aux dépens de la Compagnie hollandaise, et l'on nous fournissait tout en abondance.

Je n'étais pas un de ces hommes qui peuvent s'endormir dans le bien-être; il me fallait des occupations d'esprit et de corps; les dernières, je les trouvais à la chasse, et les premières, dans l'observation du pays et de ses productions.

— Ne vous écartez point trop dans l'intérieur, me dit le résident; les Chingulais supportent notre présence, mais ne nous veulent pas de bien; par esprit de race, ils font, en secret, cause commune avec les pirates malais; leurs vrais ennemis sont les Euro-péens. Vous jouissez ici d'une grande réputation, ce

n'est pas un titre à leur affection. Elle est acquise aux
dépens de leurs alliés secrets; s'ils trouvaient l'occasion de vous faire un mauvais parti, certes ils ne la
laisseraient point échapper. Quant aux habitants sauvages de l'intérieur des terres, ils haïssent tous les
blancs, et quoique timides, s'ils vous rencontraient à
l'écart, et qu'ils fussent en nombre, ils vous tueraient
traîtreusement. Tenez-vous donc sur vos gardes.

Ces conseils me déterminèrent à n'aller jamais un
peu avant dans l'intérieur du pays sans être bien accompagné. Le père Andriano était passionné pour la
botanique et m'avait inculqué ses goûts. Il m'accom-
pagnait ordinairement, et, quoique prêtre, il était ordinairement bien armé. Le pays fourmillait de bêtes
féroces. Il cheminait après nous, cueillant des plantes
rares, examinant les arbres, les oiseaux et les fa-
milles des singes. Un jour, il se trouva face à face
avec un énorme éléphant.

— Quoique prêtre et homme, nous dit-il en nous
racontant sa rencontre, je lui ai cédé le pas, et me
suis réfugié dans un épais fourré, d'où je ne pouvais
fuir avant qu'il se fut ouvert un passage où six hommes auraient pu marcher de front. Il eut maintes
autres aventures, dont il se tira bravement et heureusement.

Nos chasses étaient très abondantes et nous procu-
raient un excellent gibier. J'avais dans Hugon un ti-
reur de première force, et, comme on le dit à bord,
un camarade solide et bien épaulé.

L'intérieur de Ceylan est montueux, hérissé d'immenses forêts, et parcouru par des cours d'eau dont
quelques-uns sont considérables; il est facile et dangereux de s'y égarer : je portais donc toujours une
boussole avec moi.

Un matin (nous avions campé sous des arbres et

soupé de notre chasse), je me trouvais fort avancé dans l'intérieur du pays et me proposais de gravir une montagne voisine afin de mieux connaître le pays; je vis, à la base de la montagne, une troupe de dix à douze naturels qui cheminaient chargés d'un assez gros bagage. Dès qu'ils nous aperçurent ils jetèrent leurs fardeaux à terre et prirent la fuite dans la forêt. Leurs fardeaux se composaient de cannes à sucre, de riz et des fruits de l'arbre à pain. Ces pauvres diables avaient été si épouvantés qu'ils s'étaient condamnés à la diète plutôt que de nous attendre. Il faut dire que les Hollandais les pourchassaient comme ils l'eussent fait des fauves.

Avant de m'éloigner, je déposai sur chaque fardeau un petit objet que je savais devoir leur être agréable; bien persuadé qu'ils nous observaient de derrière les arbres, et que dès qu'ils nous sauraient éloignés, ils reviendraient chercher leurs fardeaux. Ce jour-là, notre chasse fut si abondante que nous ne savions comment en emporter la moitié. A la halte, le père Andriano nous reprocha cette destruction, dont la majeure partie reviendrait aux bêtes féroces.

— Dieu permet à l'homme la chair des animaux pour son usage, mais il réprouve l'abus. Vous nous préparez aussi des inconvénients : trouvant une proie facile après notre passage, les carnassiers nous suivront à la piste, comme leurs pourvoyeurs; un coup de fusil, au lieu de les épouvanter, leur annoncera une curée, et, si l'occasion se présente, ils la prendront à nos dépens.

La nuit vint encore vérifier les paroles du père Andriano; quoique nous fussions rapprochés des lieux habités, malgré les feux allumés autour de notre campement nous fûmes étourdis par les hurlements des loups, les rugissements prolongés des lions et les miaulements déchirants des tigres.

— Ils se plaignent de leurs pourvoyeurs, me dit le père Andriano en riant.

Les feux éloignent les carnassiers, mais il paraît que les ours de Ceylan font exception. Mon hamac était suspendu à deux grosses branches, à plus de dix pieds au-dessus du sol : je me préservais ainsi de son humidité et des attaques des bêtes farouches. Autour, deux brasiers alimentés de branches aromatiques flambaient, m'envoyant une fumée odorante. Rien n'est doux et assoupissant comme le léger balancement imprimé à un hamac ainsi suspendu. Livré à cette molle volupté, je sentais mes yeux allanguis se fermer, lorsque je vis, entre les deux brasiers, une grosse masse noire avancer lentement. C'était un ours de la plus belle taille. Il se dressa sur son derrière, porta le museau à droite, à gauche, en avant, puis, reprenant sa marche grave, il alla se dresser contre un arbre, à trente pas de ceux qui supportaient mon hamac. Je décrochai mon espingole, et, quoique j'eusse fait peu de bruit, l'ouïe subtile de l'animal l'entendit. Il porta la tête de mon côté, aspira l'air, saturé de la fumée des brasiers. Probablement, il ne me sentit point, car il embrassa le tronc de l'arbre et y grimpa assez lestement. J'entendais ses griffes pénétrer dans l'écorce et s'en dégager, chaque fois qu'il se portait en haut. Arrivé à un embranchement, il se mit à l'aise : sa tête se porta en avant et une de ses grosses pattes faisait un travail que je ne pus m'expliquer.

Quoiqu'il fût arrivé à l'instant où j'allais me livrer au sommeil, je ne le troublai point. Son opération terminée, il redescendit avec précaution, se mit sur le derrière au bas du tronc, et joua assez activement de

ses deux pattes, tantôt en se frottant le museau, tantôt en chassant un essaim de mouches qui bourdon-
nait autour de sa tête. Tout me fut expliqué : il venait
de dévorer un essaim d'abeilles, dont ces animaux
sont très friands, mais, comme le bout de son museau est garni de poils, comme les yeux et les oreilles
sont exposés aux piqûres de ces insectes, il avait
choisi la nuit pour commettre son acte de destruction
et de gourmandise avec moins de danger.

— Chacun vit de sa chasse, me dis-je ; laissons ce
chasseur prévoyant se retirer en paix. Il a suivi son
instinct, et c'est pour son alimentation qu'il détruit.
Nous qui avons tant de moyens d'existence, nous
avons aujourd'hui détruit au-delà du nécessaire.

Mes yeux se fermèrent, en faisant ces réflexions
philosophiques, et ce furent les criaillements des singes, les cris discordants et désagréables des perroquets, qui me tirèrent de ce bon sommeil.

Depuis quinze jours je menais cette vie active et
aventureuse du chasseur, lorsqu'un matin le père
Andriano vint me chercher.

— Il y a, me dit-il, une fleur merveilleuse, dont un
naturel chingulais m'a donné une branche. Elle croît
sur le bord de la mer, du côté du détroit de Manar.
Je n'ai que deux fleurs, mais ni feuilles ni rameau.
Si vous vouliez diriger votre chasse de ce côté, j'a-
jouterais ce trésor à ma collection.

Je pris mon fusil double, et suivi du seul Hugon,
j'accompagnai le père Andriano, qu'un Chingulais
avait promis de conduire au lieu où croissaient ces
fleurs rares.

— Commandant, me dit Hugon, la figure de ce
Chingulais ne me revient point... Il a une allure
suspecte.

— Est-ce que vous avez peur d'un homme

armes, Hugon, vous que je n'ai jamais vu sourciller devant le danger?

— Je n'ai pas peur des hommes quand je suis armé, commandant; je me ménage devant une bête féroce, mais je suis sûr de mon coup... J'ai peur devant la ruse et la trahison.

— Eh bien! surveillez cet homme, Hugon... et cassez-lui la tête au moindre mouvement équivoque.

— J'y ai déjà pensé, commandant; je suis bien aise que vous m'ayez deviné.

Nous avancions à travers les bois, dans des lieux fort accidentés. Hugon ne perdait pas le Chingulais de vue. Celui-ci marchait, interrogeant les sentiers, me paraissant tout occupé de ne pas perdre la bonne voie.

Le bon père Andriano courait à droite, à gauche, cueillant ici une fleur, là une plante. Sa passion était passée jusqu'à moi. Nous allions toujours à quelque distance derrière le guide, qui s'arrêtait pour nous attendre; enfin, nous descendîmes dans une vallée profonde, marécageuse, où la marche était tellement embarrassée que nous avancions sur la trace les uns des autres. Hugon s'était mis entre nous et le guide, et suivait de l'œil tous ses mouvements. Tout-à-coup j'entends craquer la batterie de son fusil. Le coup partit et le guide tomba dans le sentier.

Je n'eus pas le temps de prendre mon fusil, que je portais en bandouillère; plusieurs masses tombèrent sur moi, du haut des arbres; je fus renversé, serré dans des bras et entouré de cordes. Le même sort arriva au pauvre Père; quant à Hugon, il essaya de se défendre, mais le lieu était si fourré, qu'il ne put manier son fusil. Tout était préparé à l'avance; on nous jeta sur un brancard de bambous, avec le corps sanglant du guide, et quatre hommes, qui étaient de distance en distance relayés par quatre autres, nous emportèrent avec rapidité à travers les broussailles, les branches des arbres et les lianes, que nous déchirions sur notre passage. Le père Andriano rompit le silence que nous gardions, encore tout étourdis de surprise.

— Hélas ! nous dit-il, je ne me pardonnerai jamais d'être la cause de la perte de deux hommes que je chérissais.

— Dites de deux braves marins, ce sera plus juste, répondit Hugon. Ah ! commandant, pourquoi ne m'avez-vous pas cru ?... Un bâton de cinq pieds, les mains libres, et de l'espace ; voilà ce que je demande au bon Dieu.

Le Père exhala encore ses regrets. Hugon en parut touché ; il fit un effort inutile pour se soulever.

— Notre affaire est réglée, mon père ; donnez-nous un petit bout de bénédiction ; nous serons moins lestés quand nous arriverons là-haut. Je n'ai pas toujours vécu en bon chrétien... je compte dans l'histoire de ma vie plus d'une page où l'on pourrait dire que je me suis conduit en vrai païen. Je m'en repens, pardonnez-moi, pour que Dieu me pardonne. Un marin ne peut pas devenir un saint ; feu mon père me disait qu'il n'avait jamais trouvé le nom d'un marin dans le calendrier.

— Dieu est bon et miséricordieux, dit le Père d'une voix émue ; il tient compte à chacun de sa position, de ses entrainements irréfléchis. Je le prie de vous pardonner vos fautes, en faveur de l'absolution que je ne puis vous donner que du fond de mon cœur.

— Amen, répondis-je. Je vous fais les mêmes aveux et vous demande la grâce que vous venez d'accorder à Hugon.

— Pauvre jeune homme, c'est à moi de demander à Dieu pardon pour la faute que j'ai commise en vous conduisant à votre perte. Que Dieu me la pardonne, et que je sois absous à ses yeux !

VII. — Le capitaine Landren et ses deux compagnons prisonniers des Malais. — Ils sont employés dans un arsenal de Coromandel. — Dureté de leur esclavage. — Projets d'évasion. — Le père Andriano les soutient, les console. — Il leur apporte une bonne nouvelle. — Kuriotis marchand d'esclaves à Coromandel. — Leur délivrance. — Dangers courus sur la côte. — Ils atteignent le brick. — Retour aux établissements hollandais.

Nos porteurs couraient maintenant sur la grève : ils eurent bientôt atteint le rivage. On nous jeta dans une petite embarcation, comme on y jetterait un ballot de marchandises, mais nous fûmes débarrassés du cadavre du Chingulais : on lui attacha une pierre au cou, et on le jeta à la mer après qu'il fut préalablement dépouillé. La barque, vigoureusement poussée, franchit le détroit de Manar, et nous étions sur la côte de Coromandel avant que nos amis pussent s'inquiéter de notre retard à revenir aux établissements.

Les mouvements de l'embarcation m'avaient fait comprendre que nous passions des endroits dangereux ; à chaque instant elle changeait de direction.

Le lieu où nous abordâmes était hérissé de rochers. Le fond de la crique, qu'ombrageaient de grands arbres, touchait à un vaste bâtiment où retentissaient les coups de marteau, les grincements de la scie et des bruits mêlés de cris et de clameurs. Nous étions dans un des chantiers que possèdent les pirates dans les lieux les plus solitaires et les plus inabordables des côtes.

Depuis le matin, nous n'avions point mangé; nos membres, froissés par les liens, ajoutaient de nouvelles souffrances à celles de notre estomac et de notre esprit. Ma soif était si ardente, que je passais ma langue sur une tige en fer qui traversait notre prison. On songea enfin à nous dépouiller. J'ai dit que le père Andriano comprenait la plupart des idiômes de ces contrées; il eut la prudence de le laisser ignorer aux pirates. Ce fut par lui que commença le dépouillement. Le gros sac en toile dans lequel il portait ses plantes avait attiré leur attention : en ne trouvant que des herbes et des plantes, ils le jetèrent avec dépit et prononcèrent des paroles d'un ton brutal et irrité. Mais ils se ravisèrent tout-à-coup; après s'être entretenus quelques instants, ils coupèrent les liens qui serraient ses jambes et son corps. Dès qu'il fut libre, il vint auprès de moi, m'exhorta à prendre patience et à montrer la résignation du chrétien dans l'adversité.

— Mon parti est pris, lui répondis-je, la colère ne me servirait à rien de bon. Tâchez d'obtenir la même résignation d'Hugon. Mais savez-vous pourquoi ces brigands vous ont débarrassé de vos liens?

— Ils me croient sorcier, c'est-à-dire médecin, car, pour eux, tout sorcier a le pouvoir de guérir; c'est pour cela qu'ils m'épargneront.

Il courut à Hugon, qui jurait comme un vrai païen et faisait des efforts inouïs pour rompre ses liens. Il parvint à le calmer. Cela contribua à affermir la croyance des pirates. Un sorcier seul pouvait calmer un homme aussi furieux que Hugon. Nous étions entièrement nus, on nous jeta quelques lambeaux de toile pour nous couvrir, mais on ne nous délia que les bras. Les pirates m'examinèrent assez longtemps, puis s'entretinrent vivement.

— Que disent-ils? demandai-je au Père.

— Ils disent que vous n'êtes pas le capitaine que le Chingulais leur avait vendu, parce que les Hollandais ne confient le commandement de leurs navires qu'à des hommes plus âgés que vous. Les instruments qui vous servaient à nettoyer et à monter votre fusil les portent à croire que vous êtes armurier. Tâchez de les confirmer dans cette idée, vous resterez ici au lieu d'être vendu aux musulmans du continent.

— Que pensent-ils de Hugon?

— Je n'en sais rien encore. La mort du Chingulais, sa résistance et ses colères les portent à croire qu'il est un chef dans la marine. Ils le vendront comme trop dangereux pour eux.

— Mais Hugon est presque ouvrier armurier! S'il était possible de le leur prouver.

— Ayons confiance en la bonté de Dieu, me répondit-il; il m'inspirera peut-être de bonnes idées.

Il s'approcha de celui des pirates qui paraissait avoir le plus d'autorité, et, lui touchant légèrement l'épaule, il tâcha de lui faire entendre par signes que Hugon était armurier. Comme ils ne comprenaient pas bien, il étendit le doigt vers un fusil et fit, en indiquant Hugon et moi, tous les mouvements que l'on fait pour le démonter. Ils comprirent. Un d'eux courut chercher un mauvais fusil, qu'il remit à Hugon avec les instruments trouvés sur moi.

— Démontez et remontez ce fusil, lui dit le Père; affectez une connaissance parfaite de l'art.

Mon matelot fit cette opération à la complète satisfaction des pirates; on me mit aussi à l'épreuve, et je donnai une haute idée de mon habileté en indiquant les parties défectueuses des pièces de la batterie du fusil.

Un instant après, on nous apporta de la nourriture

7

et une jarre d'eau. J'oubliai ma position pour me livrer au bonheur de satisfaire ma faim, et ma soif surtout.

— Dieu nous protège, me dit le Père ; nous ne serons point séparés, peut-être que nous trouverons un moyen de salut. Paraissez surtout résignés.

— Mon père, demanda Hugon, que la nourriture avait ranimé, si je lavais les côtes à quatre ou cinq de ces coquins, serait-ce un grand péché sur ma conscience ?

— Dieu a donné à l'homme le sentiment de sa conservation ; une légitime défense est permise ; mais la prudence, qui est aussi une des voies de Dieu, défend une tentative insensée. La vôtre le serait, Hugon.

Sans pitié pour les souffrances et les fatigues que nous venions d'endurer, les pirates nous conduisirent à leur arsenal. Il s'y trouvait tout ce qu'il fallait pour une manufacture d'armes, et plus loin, ils avaient établi une fonderie de canons. Les ouvriers, en grand nombre, étaient, pour la plupart, des Malais, des Chingulais et d'autres nations ; j'y vis plusieurs Européens, entre autres deux Hollandais qui avaient disparu quelques jours avant mon départ pour la chasse.

— Vous ne devez pas vous connaître, nous dit le père Andriano : ne cherchez point à leur adresser la parole, et attendons tout de l'occasion.

Il leur fit la même recommandation. Une chaîne nous serrait le corps sur les hanches, elle était attachée à un poteau. Les mouvements du haut du corps étaient libres, et notre chaîne assez longue pour nous permettre de circuler autour de l'établi. Dire ce que je souffrais, les rages qui me montaient au cerveau, et les projets insensés que je formais avec Hugon, serait chose impossible. Si le père Andriano ne nous eût rappelés à la raison, au sang-froid, nous aurions tenté une entreprise désespérée, nous nous serions fait hacher en morceaux. Malgré la surveillance des gardiens, nous établîmes des relations avec les ouvriers enchaînés comme nous, et je formai un plan d'évasion que le père Andriano désapprouva.

— Vous n'avez ni armes ni barque; vous seriez poursuivis dans le pays comme des bêtes fauves, et tous massacrés.

Mon existence devint un supplice, un bouillonnement de colère, de fureur, de rage. Hugon était encore plus impatient que moi.

—Que j'en tue quatre ou cinq, me disait-il, et que je meure! je mourrai content. Tenez, commandant, voici de quoi en déconfire plus d'un.

Il me montrait une vieille baïonnette qu'il avait pu soustraire aux regards de nos gardiens. Je lui montrai à mon tour un long stylet que j'avais fabriqué avec une baguette de fusil.

— Nous en tuerons bien une demi-douzaine, commandant : frappons toujours au ventre. Ce coup est mortel.

Nous passions une partie de nos nuits à faire des projets plus ou moins réalisables. Un jour, Andriano vint à nous; quoiqu'il composât son visage, je vis sur-le-champ dans ses yeux qu'il avait une bonne nouvelle à nous apprendre. Les pirates lui avaient rendu son bréviaire et s'étaient habitués à le voir le lire. Il s'accroupit entre nos établis et nous dit :

— N'ayez pas l'air de m'écouter. Je vais faire semblant de lire. Kuriotis est dans le pays; je l'ai vu, je lui ai parlé; il est à votre recherche, et s'est déguisé en marchand d'esclaves, ce qui lui est facile, puisqu'il est musulman. Il va acheter une prauh pour emmener les esclaves bedhahs qu'il a déjà achetés. Tenez-vous prêts... je ne sais pas le reste de son plan de délivrance.

Dès la première nuit nous avions limé la partie de la chaîne qui nous entourait les hanches ; un bout de ficelle réunissait les deux anneaux. Cela nous permettait de circuler la nuit dans la prison, et d'entretenir les ouvriers européens. Sans leur faire part des projets de Kuriotis, je les prévins qu'une occasion de nous évader était proche, de limer leurs chaînes comme nous l'avions fait, et d'obéir au signal.

La prison était construite en gros bambous fortement liés ensemble, et profondément enfoncés dans le sol. Un large fossé, plein d'eau, l'entourait. Les terres en avaient été jetées contre les bambous. La muraille était épaisse et forte. La porte d'entrée avait deux grandes guérites où se tenaient dix hommes armés de fusils et de criss. Il n'y avait pas d'autres ouvertures.

Oh ! que le temps me parut couler lentement ! que d'angoisses, que de tortures je souffris en attendant la visite du Père !

— Cette nuit, me dit-il, lorsque vous entendrez aboyer les chiens, allez au fond de la prison. Voici une scie et un levier ; faites-vous un passage à travers la muraille ; le fossé n'a que quatre pieds d'eau. Répondez au qui-vive par le mot *France*, et suivez le guide.

Il passa et parcourut les ateliers. Hugon ne put contenir sa joie ; pour la première fois, depuis qu'il était en prison, il se mit à fredonner une chanson de bord. Les gardiens, surpris, s'approchèrent ; la rude voix du marin parut les charmer. Ils crurent que le sorcier venait de lui jeter un sort. Il forçait au travail, le brave Hugon ; s'il n'eût pas fait de mouvement, il aurait étouffé.

Depuis notre détention, bien des orages avaient passé sur le pays ; ce jour-là, il en éclata un si terrible, que notre toiture fut emportée, nos ateliers inondés, et tout mis sens dessus dessous. Nous n'eûmes pas la visite du père Andriano. Il fallut rétablir les désastres, relever les débris ; nous eûmes plus de liberté. Je prévins les Européens sans attirer l'attention. Enfin, la nuit descendit lentement, au gré de notre impatience ; nos gardiens, fatigués, s'endormirent. Hugon voulait aller les tuer ; je m'y opposai. Il jeta son ardeur au travail ; en moins d'une heure nous eûmes un passage praticable. Je m'aventurai au-dehors ; un chien de garde me flaira et se mit à hurler. Presqu'aussitôt les chiens du poste poussèrent des hurlements affreux. J'entendis un coup de fusil. Sauter dans le fossé, le franchir, suivi de mes compagnons, fut l'affaire d'un instant. De l'autre côté, à cinq pas de nous, une voix dissimulée fit entendre le mot : Qui vive ?

— France ! répondis-je. Marchons !

Et nous courûmes à la suite de notre guide jusqu'au pied d'un rocher. Nous y trouvâmes des habits de matelots et des armes. Chacun se hâta de jeter la triste et sale dépouille de la captivité, de revêtir les bons et larges vêtements hollandais, et de s'armer. Notre guide poussa un petit cri ; c'était le signal du départ ; nous le suivîmes à travers la forêt. Le bruit de la mer parvint à mon oreille ; nous arrivions à la côte. Alors la route devint presque impraticable : les rochers nous barraient le chemin à chaque pas ; les hautes broussailles embarrassaient nos pieds. L'amour de la liberté nous poussait à travers tous ces obstacles. Enfin, la mer s'étendit devant nous, sombre, houleuse, et bondissant sur les rochers. Nous descendîmes dans une espèce de vaste entonnoir ; à l'entrée se présentait une crique; une prauh flottait dans cette crique.

— Commandant, demanda une voix bien connue, êtes-vous là ?

— Oui, mon cher Kuriotis, répondis-je en allant tomber dans ses bras.

Il me serra convulsivement sur sa poitrine et ne prononça que ce mot : — Enfin !

La mer était trop mauvaise pour sortir de notre asile. Cela inquiétait Kuriotis.

— Si la prauh est bien construite, lui dis-je, nous pouvons tenter le passage du détroit de Manar. Nous allons être poursuivis par tous les pirates, et nous ne sommes point en état de leur résister... Mais je n'ai pas vu le père Andriano, demandai-je subitement.

— Il n'est pas loin; il s'est blessé en tombant du haut d'un rocher. Je l'ai fait transporter dans l'embarcation. Rassurez-vous, me dit-il en voyant mon inquiétude; ce n'est qu'une fracture : les bains d'eau salée le rétabliront. Combien avez-vous d'hommes avec vous, commandant?

— Cinq, Hugon et moi.

— C'est assez, me dit-il; j'ai six matelots et les huit Bedhahs que j'ai achetés; si le vent tombe un peu; nous tenterons la sortie; le brick croise dans le détroit.

Quand nous montâmes sur la prauh, avant tout j'y cherchai le Père.

— Dieu soit loué, commandant! nous voilà réunis, me dit-il en me tendant la main.

— Mais vous êtes blessé?

— Ce n'est rien.

Il retira son pied gonflé d'un vase plein d'eau de mer. Je me sentis soulagé.

— Mais qu'allons-nous faire? la mer est mauvaise.

Voyez comme elle secoue notre prauh ; si le jour nous trouve ici, il y aura encore du sang répandu.

— Voyez, me dit Kuriotis en étendant la main vers la mer ; le brick n'est pas à plus de deux milles de la côte. Son fanal brille ; c'est un signal convenu. Allumons un feu à l'abri de ce rocher, le brick ne s'éloignera pas.

Dès que le feu brilla, Kuriotis agita un brandon en l'air. Le signal fut compris : le brick tira un coup de canon dont nous ne vîmes que la flamme, le vent était contraire. Un des Bedhahs, que Kuriotis avait mis en sentinelle sur une hauteur, accourut tout effaré ; ses gestes indiquaient l'approche des pirates : il n'en fallut pas douter, nous entendîmes les hurlements de leurs chiens.

— Tentons de franchir les brisants, m'écriai-je, ou préparons nos armes.

Kuriotis chargea Hugon de la barre du gouvernail ; ses matelots et les Bedhahs prirent les rames, et nous voilà au milieu de l'écume, des remous et des tournants ; mais les coups vigoureux de la rame poussaient en avant, et l'embarcation pontée rendait l'eau qu'elle embarquait. Son peu de tirant nous fit franchir les plus dangereux brisants, et nous étions à trois encâblures de la côte, lorsque les hurlements des chiens retentirent d'une manière effroyable, et furent mêlés aux clameurs furieuses des pirates.

— Couchez-vous sur vos bancs ! m'écriai-je.

Presque au même instant les balles sifflèrent au-dessus de nous. Personne ne fut atteint.

— A la riposte, enfants ! à la riposte !

Nos espingoles criblèrent la côte de balles et firent plus d'une victime, à en juger par les hurlements qui succédèrent à notre décharge. Les pirates se retirèrent, lâchant quelques coups de fusil inoffensifs. Nous étions dans la mer libre. Un coup de feu retentit dans le détroit; nous découvrîmes presque aussitôt une chaloupe.

— C'est celle du brick, dit Kuriotis; forcez les rames.

Une demi-heure après, nous étions tous installés sur le brick, où mon arrivée fut saluée par un hourra général qui dut se faire entendre jusqu'à terre.

Sans perdre de temps nous virâmes vers Ceylan, où nous arrivâmes au commencement de la nuit. Voici les nouvelles que m'apportait Kuriotis : le gouverneur me mandait de me rendre au plus tôt à Batavia, il voulait me donner le commandement d'un navire de guerre qui devait servir d'escorte à une flotte marchande destinée à la Hollande. Le brick et un autre petit navire marcheraient sous mes ordres. J'étais autorisé à pendre un navire de commerce à la résidence de Ceylan pour le transport de mes hommes, et à ne pas perdre de temps.

A son arrivée, Kuriotis avait appris ma mésaventure; la capture d'une prauh lui fit connaître mon sort : il était dès le jour même parti pour tenter ma délivrance, et avait réussi en employant la ruse dont j'ai parlé, en se présentant comme marchand d'esclaves. Il trompa les pirates, heureusement pour nous.

VIII. — Retour à Batavia. — Le capitaine Landren escorte une flotte marchande. — Rencontre et prise d'un vaisseau anglais. — Entrée dans le port de Moscou. — Il quitte le service hollandais. — Il se sépare de ses amis. — Retour en France. — Projets détruits par les événements. — Fin de son histoire.

Nous levâmes l'ancre peu de jours après et arrivâmes à Batavia sans aucun accident remarquable. Les mauvais temps ne comptent pas pour tels dans une navigation. Mon aventure expliquait la cause du retard forcé de mon retour. Malgré son tempérament flegmatique, le Hollandais est un bon et chaleureux ami quand il croit devoir l'être : les bontés du gouverneur me rendirent confus, mais je reconnus encore mieux son affection quand il me dit :

— Je vous ai fait nommer, par le conseil, capitaine d'une frégate de soixante canons; vous aurez deux bricks; votre lieutenant, dont le dévouement a été apprécié, ainsi que ses connaissances nautiques, est nommé commandant du brick le plus fort. Si vous connaissez dans votre équipage un homme capable de commander l'autre brick, indiquez-le-moi, je le ferai agréer par le conseil.

Cette bienveillance, cette confiance en moi, me remplirent de gratitude pour le bon gouverneur. Je songeai à Hugon pour le second brick : il était capable, mais illettré, et il fallut y renoncer lorsque j'eus parlé à Kuriotis; il m'assura que le second qui avait eu le commandement du brick, tandis qu'il était à terre, était très capable, marin expérimenté et énergique, il était passablement instruit. C'était un marin du port de Dieppe, qui avait fait plusieurs voyages de long cours. Il fut accepté. Comme la flotte marchande était prête à mettre à la voile, nous quittâmes Batavia cinq jours après mon arrivée. Nous avions hâte d'atteindre le lit des vents de l'est, qui soufflent dans les régions intertropicales, et dont la constance contribue au succès de la navigation jusque vers l'île de France, où on les quitte pour descendre le long des côtes de l'Afrique orientale et doubler le cap de Bonne-Espérance.

Une partie de notre flotte devait nous quitter au Cap, et six navires seulement devaient se rendre en

Hollande. La relâche au Cap fut courte: il fallait profiter de la saison favorable ; d'ailleurs, je désirais vivement revenir en Europe, quitter le service hollandais et en prendre dans la marine française. Le père Andriano, rongé par les rhumatismes, enviait aussi le beau ciel de sa patrie et sentait que l'heure de la retraite avait sonné pour lui. L'existence aventureuse que j'avais menée jusqu'alors convenait à mon caractère un peu ambitieux de gloire, et surtout jaloux de conserver glorieusement dans les fastes de la marine le nom de Landren.

Quand je m'entretenais sur ce sujet avec le père Andriano, il souriait et me répondait :

— La jeunesse a toujours de pareils mirages ; en avançant dans la vie, on trouve devant soi ce que le voyageur altéré croit voir sur les sables du désert, et ce qu'il n'atteint jamais, parce que ce n'est qu'une illusion de la vie. Si, jusqu'à ce jour, votre ambition de gloire a pu trouver des encouragements, c'est que les circonstances ont été en votre faveur. Le poste que vous occupez vous sera envié en Hollande : vous êtes jeune, commandant, et vous êtes Français. Vous ne connaissez de la société qu'un tout petit côté : la vie de mer, vie rude et mâle ; vous serez forcé de connaître la vie de l'homme de terre. Dans cette dernière, le courage, l'intelligence et la droiture du cœur ne sont pas de sûrs garants pour avancer quand on a une légitime ambition. Je vais vous parler franchement ; je crains pour vous bien des déboires ; je connais la fierté de votre caractère, et je prévois pour vous plus d'un échec. Vous êtes arrivé trop jeune au commandement ; ce n'est pas moi qui penserai que vous ne le méritiez pas, je vous ai vu et je vous vois à l'œuvre ; mais vous n'obtiendrez point, en France, le grade que vous avez obtenu aux Indes ; si on vous le conserve en Hollande, il faudra renoncer à votre nationalité, et alors vous seriez exposé à combattre votre propre patrie.

— Jamais! m'écriai-je dans un moment d'indignation; je suis né Breton, aujourd'hui la Bretagne est française, je me dois à ma patrie!

— J'aime ce mouvement-là, commandant; mais vous ne voudrez pas descendre l'échelle trop bas; il faudra, pour vous faire accepter, reconquérir vos grades au service de votre patrie. Je vous connais, commandant; il vous sera impossible de courber jusque-là la fierté de votre caractère.

Nous en étions là de notre conversation, lorsque la vigie signala une voile au nord. Nous montions la côte occidentale de l'Afrique. Je reconnus que c'était un vaisseau de guerre, sans pouvoir déterminer à quelle nation il appartenait. La Hollande, lorsque j'avais quitté Batavia, était en paix avec la France et avec l'Angleterre, mais ces paix ont souvent si peu de durée; une ambition personnelle s'assied aussi bien sur un trône que sur le banc d'un commandant de navire. Je devais donc me tenir sur mes gardes et protéger les navires que je convoyais. Je rappelai les bricks, qui se trouvaient de l'autre côté de la flotte, et transmis mes ordres à tous les navires marchands. Le vaisseau cinglait sur nous, vent arrière. A l'étendue et au nombre de ses voiles, je reconnus un vaisseau de haut bord. Il était de cent canons, d'après mon estime. La distance s'effaçait rapidement. J'arborai mon pavillon. Le vaisseau ne répondit point à cet appel, il avançait toujours. Quand nous fûmes à portée de canon, il tira un coup sans boulet, pour m'intimer l'ordre de l'accoster. Cette manière d'agir blessa mon orgueil; je continuai ma route. Un second coup de canon, mais à boulet, partit du vaisseau; le boulet alla tomber dans la mer, à tribord. Je fus tenté de riposter, mais j'avais une flotte à protéger; l'orgueil céda devant le devoir. J'envoyai une chaloupe que je confiai à Hugon, dont je connaissais la perspicacité. Le vaisseau avançait toujours sur nous dans l'intention de me séparer de la flotte. Cette allure, plus que suspecte, m'inquiéta. Le branle-bas fut donné de vive voix sur mon bord : je découvris le brick de Kurletta qui forçait vers nous ; déjà nous étions à la portée de la voix.

— Holà ! hé ! du navire ! quelle nation ?

Je pris mon porte-voix et répondis :

— On doit faire cette question au navire qui n'a pas arboré son pavillon ; le mien flotte au haut du mât !

La demande m'avait été faite en anglais, et quoique je parlasse cette langue, je répondis en français.

La chaloupe arriva au vaisseau sans pavillon. Je vis Hugon monter l'échelle, et, tout en donnant mes ordres pour le combat que je pressentais, j'observais le vaisseau, que je reconnus pour être anglais. Une petite demi-heure, qui me parut bien longue, s'écoula avant que Hugon redescendît dans la chaloupe. En arrivant, il me dit :

— Le vaisseau est anglais ; il n'a que quatre-vingts canons, malgré l'apparence de ses sabords ; l'équipage peut s'élever à cent quatre-vingts hommes ; il a des soldats de marine. Le commandant est un fou. Nous allons être terriblement humiliés, ou il faudra se donner une bonne frottée ; il commande de passer à son bord avec vos papiers.

Ce droit de visite, je ne le reconnaissais pas à l'Angleterre ; je m'y refusai.

— Hugon, à vos pièces! Donnez-moi le grand porte-voix, lieutenant!

Il porta ces paroles à l'insolent Anglais :

— Commandant au service de la Hollande, qui est en paix avec l'Angleterre, j'aurais dû m'attendre à une courtoisie de la part d'un navire ami, et non à un ordre de visite. Je ne vois pas le pavillon anglais. J'attends qu'il soit déroulé pour le saluer, comme un pavillon ami.

Je ne reçus point de réponse; mais j'entendis un roulement de tambours. Le mât restait sans pavillon. Je courus une bordée pour ne pas offrir le flanc de ma frégate aux boulets de l'Anglais. Il ne voulait pas nous en envoyer, mais nous aborder et jeter ses soldats dans ma frégate. Kurlotis pinçait le vent et s'avançait. Il comprit mes signaux. Dix minutes d'une attente terrible se passèrent; l'Anglais, tout en continuant ses préparatifs d'abordage, paraissait cependant hésiter. Mes bastingages étaient dressés, mes gens à leur poste. Hugon, penché sur sa longue couleuvrine, visait le vaisseau anglais. Je tentai encore un moyen pacifique, je criai :

— Si vous êtes Anglais, pourquoi ces préparatifs d'abordage?

— Venez à mon bord, ou je vous coule ! répondit brutalement le porte-voix anglais.

La colère me fit bouillonner le sang.

— Feu, Hugon ! feu de toutes les batteries !

Un ouragan de mitraille tomba sur le vaisseau anglais; le boulet de la couleuvrine de Hugon entama le grand mât : je le vis trembler, puis s'incliner vers l'arrière, couvrant de sa forêt de voiles et de cordages le second mât. La frégate tourna sur elle-même et envoya sa bordée de bâbord, qui se croisa avec la bordée anglaise. Elle nous fit beaucoup de ravages, mais ma seconde bordée avait écrasé l'ennemi, et tout aussitôt le brick commença son feu avec une grande vivacité. Les Anglais se jetèrent dans les chaloupes pour tenter l'abordage ; la manœuvre ne pouvait plus se faire. Je compris mon avantage ; profitant du vent, je virai de bord, m'éloignai en canonnant les chaloupes, qui ne répondaient que par un feu de mousqueterie. Les deux bricks abordèrent résolûment le vaisseau ennemi et s'en emparèrent ; presque tout l'équipage était dans les chaloupes.

Cette rencontre étrange et presqu'incroyable me fut expliquée par les Anglais qui montaient les chaloupes, qui n'eurent rien de mieux à faire que de se rendre et de venir à mon bord, quand ils virent leur vaisseau au pouvoir de mes gens. Depuis onze jours leur commandant se livrait à des actes de folie qui avaient effrayé l'équipage. L'inflexible discipline d'un vaisseau de guerre les mettait à la disposition de cet insensé. Ils attribuaient cette folie aux résultats d'un coup de soleil qu'il n'avait pas voulu laisser soigner par le médecin. Malgré notre pavillon, malgré les déclarations de mon envoyé, et, ajoutaient-ils, malgré leurs représentations, le commandant s'était obstiné à nous considérer comme corsaires français (la France et l'Angleterre étaient alors en guerre), et il avait été tué sur son banc de quart après avoir commandé l'abordage.

Je fis retirer mes gens de leur vaisseau, dont la partie supérieure était toute criblée, mais la coque n'avait reçu aucune avarie. D'après le conseil du père Andriano, je dressai un procès-verbal de cette affaire. Les officiers anglais le signèrent, et je me hâtai de réparer cette fâcheuse perte de temps.

Les vents nous retardèrent encore, mais enfin nous entrâmes dans la rade de Moscou, dans le Texel, et je me hâtai de me rendre à l'amirauté. Ma jeunesse surprit les membres du conseil : mes papiers de bord furent minutieusement examinés, le procès-verbal, à la suite du combat contre les Anglais, attira surtout leur attention. Je fus mandé vingt fois pour donner des renseignements, pour répondre aux questions. Je compris qu'on blâmait le gouverneur de Batavia d'avoir confié trois navires de guerre à des étrangers, et un aussi grand convoi à un jeune homme. Ma patience était à bout. De concert avec le père Andriano et Kuriotis, nous rédigeâmes un mémoire que je devais remettre au conseil; mais auparavant j'y ajoutai, sans leur participation, les lignes suivantes :

« Le capitaine Landren, qui a poursuivi et disséminé les pirates malais, qui ruinaient le commerce de Batavia ; qui a escorté onze vaisseaux marchands hollandais, dont quatre jusqu'au cap de Bonne-Espérance, leur destination ; qui a soutenu, avec un navire inférieur en forces, l'honneur du pavillon hollandais contre l'orgueil et la folie britanniques; qui a ramené son convoi au port de Moscou, a l'honneur de déclarer à l'amirauté qu'il n'a point sollicité d'autre service de la Compagnie des Indes, mais, qu'ayant accepté de périlleuses missions, et les ayant remplies en digne marin, il se croit dégagé envers la Compagnie des Indes orientales, et lui envoie sa démission pure et simple.

» Il demande que ses appointements et ceux des hommes sous ses ordres soient soldés, lors du règlement qui lui est dû dans le chargement du navire n° 3, capitaine Van-Arhenim. » (*Historique*).

Cette missive resta trois jours sans réponse; le quatrième, je fus mandé à l'amirauté. On me compta scrupuleusement les sommes dues aux équipages, avec injonction de fournir la preuve que tous auraient été payés. Je fis mon calcul, prélevai ce qui m'était dû personnellement, et, repoussant le reste avec indignation, je déclarai que je n'étais pas le payeur de la Compagnie. Ensuite, je présentai l'inventaire des marchandises en charge pour mon compte. Il avait été dressé par le comptable de Batavia et signé par le gouverneur; ce dernier avait eu la bienveillance de n'employer mon argent qu'en achats consistant en épiceries et marchandises d'un débit sûr. Il y avait bénéfice à faire pour la Compagnie, on calcula; on contrôla encore pendant deux jours; enfin, mon compte réglé, je reçus le montant de la mise et quinze pour cent de bénéfices. La Compagnie gagnait le double.

Alors, je m'établis l'avocat de mes équipages, et je passai encore quinze jours en démarches et en contrôles. Tout étant réglé, les hommes de l'équipage, en partie Français, me firent demander si je continuerais mon service sous le pavillon hollandais. Sur ma réponse négative, ils me déclarèrent qu'ils reviendraient en France avec moi, puisque la France était en guerre avec l'Angleterre.

L'amirauté, ou plutôt le conseil colonial, se ravisa. Il comprit qu'il perdait un marin qui avait fait ses preuves, et un excellent équipage. Il me fit la proposition de convoyer aux Indes une flotte marchande, avec le commandement d'une frégate, mais sous les ordres du commandant Van-Eihric, qui montait une autre frégate. Je remerciai le conseil, et lui déclarai que je voulais prendre du service sous pavillon français. Mes gens, alléchés par les promesses du conseil, restèrent presque tous au service de la Hollande. Kuriotis avait suivi mon exemple. Son intention était de retourner à Alger, où il possédait une belle fortune. Il prit passage sur un navire marocain qui se trouvait dans le port, et ce ne fut pas sans émotion et sans regret que nous nous séparâmes. Le père Andriano et Hugon s'embarquèrent avec moi sur *le Diaz*, en destination pour Lisbonne ; de ce port, le père Andriano comptait se rendre, par occasion, dans son pays : mais la réalité était qu'il portait des papiers importants pour le Portugal. Il m'en fit l'aveu.

J'avais réduit ma fortune, qui était assez ronde, à sa plus simple expression : je l'avais échangée contre des pierreries, dont j'espérais une avantageuse défaite en France.

Mon intention était de traverser le Portugal et l'Espagne et de rentrer dans ma patrie par les Pyrénées. Après avoir parcouru les mers, il me prit la fantaisie de parcourir les terres. Cette intention ne s'exécuta pas : le navire français le Tonnant allait désarmer à Brest après une longue et périlleuse croisière. Je pris passage sur son bord et débarquai heureusement sur la côte de Bretagne, que je revis comme un enfant revoit sa mère après une longue absence. Nous prîmes des chevaux, ne voulant pas nous hasarder, si près du terme de notre voyage, sur les côtes dangereuses de la Bretagne, aux approches de l'équinoxe du printemps.

Quand nous fûmes montés sur ces petits chevaux bretons, si remarquables par leur vigueur et leur allure, je demandai à mon camarade ce qu'il pensait des pauvres et tristes landes que nous traversions.

— Commandant, répondit-il, la patrie est toujours belle... L'accent de mon pays chatouille doucement mon oreille ; je suis retombé dans le passé. Oh ! commandant, ces souvenirs font bien au cœur !

— Avez-vous l'intention de reprendre du service, Hugon ? vous touchez à la quarantaine...

— A la quarantaine, commandant ! J'étais à trois encâblures au-delà quand je fis votre bonne rencontre. Si vous reprenez du service, j'en prendrai ; si vous restez sur le plancher solide, j'y resterai. Mais

je ne vous serai point à charge : sur votre bord j'ai
appris l'économie; nous n'avons jamais eu la faveur
d'une relâche dans un port où l'on peut s'amuser.
Mes parts de prises, mes économies, font une jolie
petite somme, commandant.

— Quel est le chiffre de cette jolie petite somme,
Hugon ?

— Le chiffre, commandant? Je ne mentirais pas si
je mettais un quatre de conserve avec trois zéros.

— Quatre mille francs, Hugon ! c'est une petite fortune pour un homme industrieux comme vous.

— Et cela, ajouta-t-il après avoir arrêté son cheval
(le marin est un triste cavalier) et tiré de son sein une
petite boîte en maroquin garnie d'un métal qui me
parut de l'or, à quel chiffre le portez-vous?

Il enleva le ruban qu'il avait passé au cou et me
donna la boîte. Je l'ouvris; elle contenait un chapelet de perles fines et deux beaux diamants. C'était
celle que j'avais rendue à Kuriotis; je ne lui en dis
rien. Il m'examinait avec cet œil satisfait de l'homme
qui fait montre de sa richesse.

— Cela, répondis-je, dans mon étonnement, vaut
cinq fois votre petite fortune. Vous êtes riche, Hugon...
mais...

Je m'arrêtai, pour ne pas le blesser par un soupçon.

— Mais... mais... ce mais veut dire : D'où vous
vient cette richesse?

— C'est vrai, Hugon.

— Eh bien! voilà d'où elle me vient. Quand je fis
mes adieux au capitaine Kuriotis, il me prit les mains
et me dit : Hugon, vous êtes un bon camarade, un
bon et fidèle marin. Si vous n'étiez pas chrétien, je
vous emmènerais avec moi à Alger. Gardez ceci comme
un souvenir d'un homme que vous avez aidé à sauver : ne le montrez que quand vous serez dans votre

pays, et pensez quelquefois à l'homme qui a couru bien des dangers avec vous... Le commandant recevra plus tard de mes nouvelles.

Les paroles de Hugon me firent réfléchir. Je ne comprenais pas que Kariotis, qui m'avait quitté avec une vive émotion, il est vrai, eût pris mon matelot pour une espèce de confident; et je me rappelai que tout le temps que cet homme avait vécu avec moi, il s'était toujours montré réservé et digne dans sa conduite; mais rien ne me faisait soupçonner qu'il eût pour moi d'autre sentiment que celui d'une reconnaissance qui s'oublie facilement.

La distraction d'un voyage, dans un pays qui m'était si cher, et qui différait par ses aspects, ses productions et son ciel, des climats brûlants que je venais de quitter, absorba tout entier mon esprit : je comprenais l'attachement du Lapon pour ses plaines de neige, au bonheur que j'éprouvais en foulant ma terre natale. Nous nous arrêtâmes pour y passer la nuit dans un humble village qui n'avait qu'une seule et pauvre auberge; eh bien! je m'y trouvai plus heureux que dans les habitations beaucoup plus luxueuses de Batavia. Le modeste souper qui couvrait notre table, le pot de cidre fameux, les tasses en terre verte, les grosses assiettes peintes de grandes fleurs, tout me rappelait mon enfance, ma terre natale. Je causai avec l'hôte, avec l'hôtesse, avec la servante, pour entendre le français de la Bretagne avec l'accent de la Bretagne. Hugon était plus expansif que moi; il faisait sauter les enfants, et força presque la servante à lui chanter un noël. Il sut y mettre tant d'entrain, que l'hôtesse fit sa partie de chant, que les enfants le répétèrent en chœur. Nous eûmes une vraie soirée des campagnes de la Bretagne.

Le matin, Hugon me dit qu'il n'avait jamais si bien dormi ni été si heureux.

— Eh bien! Hugon, il faut vous fixer dans notre pays, prendre femme. Vous êtes assez riche pour avoir le droit de choisir, et finir paisiblement votre vie au milieu d'une jolie famille.

— Et vous, commandant, me répondit-il, voulez-vous renoncer à l'eau salée?

— Je ne sais, Hugon; je puis servir mon pays; je suis encore bien jeune.

— Alors, commandant, Hugon songera au mariage quand il saura quel parti vous allez prendre.

— Si je prenais du service, Hugon?

— Hugon en prendrait aussi, commandant. Je ne vous laisserai pas courir seul les aventures. Un bon et fidèle compagnon est bon et fidèle compagnon, et n'est pas à dédaigner.

— Mais, Hugon, vous pouvez être si heureux sur cette terre! votre vie a été plus remplie et plus utile que la mienne.

— Ne parlez pas de cela, commandant; mais, croyez-vous que, puisque j'ai aujourd'hui le gousset garni, je voudrais m'embarquer sans une bonne provision de douceurs?

Je compris que son parti était pris, et je ne voulus pas lutter contre son obstination natale.

— Nous n'en parlerons plus, Hugon... mais, je vous prie de ne plus m'appeler commandant; je ne suis plus que votre compagnon, votre ami.

— Vous dites que je suis votre ami, commandant! Oh! cela ne se peut pas! Vous commandiez et j'obéissais.

— Mon brave Hugon, je ne suis plus que votre ami bien sincère, et je veux que vous me conserviez toujours les sentiments que vous me témoignez aujourd'hui.

Il ne me répondit pas. Je le regardai; il essuyait ses yeux avec la manche de son vêtement. Le rude matelot pleurait. Je fis semblant de ne pas m'en apercevoir, et nous continuâmes notre route en silence.

Nous arrivâmes le sixième jour à mon village natal.

Je demandai le père Mahé : il était mort; ma vieille gouvernante : elle était dans le cimetière, avec le père Mahé. Je n'osai plus demander personne, de peur d'apprendre encore des morts, et j'allai loger à l'auberge de la *Providence*. C'étaient des inconnus qui l'occupaient; je gardai l'incognito. Ma nuit fut pleine d'émotions et de souvenirs. Au bout du village s'élevait le toit où j'avais passé une enfance si heureuse auprès de la meilleure des mères. Je n'osais m'avouer que j'avais peut-être avancé le terme de sa vie par ma cruelle désobéissance à ses désirs. C'était un remords cuisant qui me privait de sommeil.

Dès le point du jour je sortis de l'auberge et me dirigeai vers le cimetière. Au-dessus des tombes, presque toutes en gazon, quelques-unes recouvertes d'une large pierre d'ardoise, mais toutes surmontées d'une croix en bois, j'aperçus un tombeau en pierre de taille et recouvert d'une table de marbre. Je me penchai pour lire l'inscription. Elle était ainsi conçue :

« Ci-gît le corps de dame Kervel, veuve Landren.
» Elle mourut entre les bras de son fils, et alla rece-
» voir du Dieu juste la récompense de ses vertus et
» des larmes qu'elle avait répandues sur cette terre.
» — Tombeau élevé par la reconnaissance. »

Et au-dessous : un P et un M.

Un cri de douleur sortit de ma poitrine; je tombai à genoux. Mes deux bras entourèrent la pierre froide qui couvrait les restes de ma bonne et sainte mère.

— Un autre a été plus pieux que moi, m'écriai-je ; c'est Pierre Mahé. Sois-tu béni à jamais, généreux Mahé ! tu as réparé l'oubli d'un fils qui pourtant aima, chérit sa mère.

Mes larmes coulaient en abondance ; je priai long-temps, bien longtemps, sur ce tombeau sacré, et, lors-que je fus assez maître de ma douleur, je me rendis au presbytère. Le recteur était le bon vieillard qui m'avait fait faire ma première communion. Je fus obligé de décliner mon nom. A ce nom, il me regarda avec étonnement, puis m'ouvrit les bras.

— Viens, Paul, pauvre enfant! Comment as-tu échappé à la fatalité qui poursuivit tous les Landren?

Après une longue conversation sans suite entrecou-pée de questions subites, je lui parlai du tombeau de ma mère, et je le priai de dire tous les ans, durant sa vie, une messe pour le repos de l'âme de ma mère.

— Elle est avec le bon Dieu, Paul ; oui, elle ne peut être qu'au ciel. Dieu seul sait tout le bien qu'elle a fait durant sa vie. Peut être n'a-t-elle commis qu'une faute : elle te gâtait, Paul ; mais Dieu, qui donne la tendresse maternelle, sait qu'on peut abuser de ce don précieux. Restez à dîner avec moi, mon petit Paul.

— J'ai un compagnon, répondis-je.

— S'il est ton ami, il sera le mien, Paul. Je vous at-tends tous deux à midi précis.

Lorsque je retournai à l'auberge, je fus étonné des prévenances qu'on eut pour moi ; c'est que maître Hugon, qui trouvait que je revenais trop tard pour son estomac, après s'être installé à table, en compa-gnie d'un pot de cidre et d'une tranche de jambon fumé, s'était mis à jaser et avait fait, comme le font les marins, l'historique de nos courses, combats, captivité, délivrance, et surtout de ce qu'il nommait la brossée donnée aux Anglais. Ce dernier fait eût suffi pour m'élever au rang des héros de la marine.

— Bon chien chasse de race, dit Hugon ; le défunt capitaine Landren (il se découvrit en prononçant ce nom) leur en avait déjà donné plus d'une, et de sévères, je vous assure ; son fils l'imite. Dieu le bénisse !

Le nom de mon père, resté en vénération dans le pays, compléta l'enthousiasme. Si le cœur d'un homme est flatté de se voir un objet d'admiration, de respect, si ce sentiment est naturel, je n'ai point à faire ici l'aveu d'une faiblesse. Je me laissai aller à pleines voiles dans l'océan des éloges. Je finis par croire que je valais mieux que je ne l'avais cru jusqu'alors ; mais, comme je savais qu'un grand homme doit être modeste, je me parai de l'extérieur d'une suprême modestie, mais je suis persuadé que, en présence d'autres admirateurs, le masque n'eût pas entièrement dérobé l'orgueil à des yeux clairvoyants.

Il est inutile de rapporter ici le nombre de visites que je reçus, les accolades, les poignées de main que je donnai. Ceux de mes camarades d'école qui avaient le plus souvent éprouvé la vigueur de mes poings ne furent pas les derniers à me visiter. Un d'eux eut la bonhomie de me dire :

— Paul, tu préludais sur nos épaules aux frottées (ce mot est consacré, sur la côte, en parlant d'une défaite des Anglais) que tu as données à nos bons amis de l'autre côté de l'eau. La guerre est encore allumée entre nous et les Anglais, j'espère bien que tu ne les tiens pas quittes pour le passé, et que tu leur feras sentir que tous les Landren ne sont pas morts.

Il serait trop long et trop puéril de rapporter tout ce qui me fut dit et redit.

Lorsque j'annonçai à Hugon que nous dînions chez

le curé, mon brave matelot fut si glorieux de cet honneur, qu'il me laissa sans mot dire, et courut boule-
verser sa valise pour choisir ses plus riches habits. Il
me fut impossible de retenir un éclat de rire quand
je le revis. Il s'était mis au cou son chapelet de perles
fines, et avait attaché ses deux beaux diamants à son
chapeau ciré. Un immense foulard des Indes descendait de derrière le cou, et venait faire un large
nœud, gros comme une bouée, sur son gilet non bou-
tonné et brillant de boutons d'argent semblables à
ceux qui décorent la veste et le gilet des muletiers
espagnols dans certaines contrées de la péninsule. Le
reste du vêtement était à l'avenant.

— Oh! Hugon, mon cher Hugon, vous vous dra-
pez comme un nabab pour venir dîner chez l'homme
le plus simple et le moins porté à la parure que j'aie
connu. Otez-moi ces brillants; on nous prendrait
pour des forbans qui se parent des dépouilles d'une
riche capture. Savez-vous, mon bon Hugon, qu'il ne
faut jamais étaler ses richesses; les mauvaises pensées entrent par les yeux.

Mon brave matelot resta tout penaud.

— Je voulais vous faire honneur, mon commandant, me dit-il. Allons changer de décoration.

Je lui pris la main et lui dis :

— Mon ami, un brave et fidèle compagnon comme
vous honore par sa personne, et non par ses habits.
Mettez votre riche vêtement sur le dos d'un drôle,
croyez-vous que la compagnie de ce drôle me ferait
honneur?

— Suffit, commandant, suffit!

Et Hugon disparut, pour reparaître en habit de matelot, mais il avait gardé le grand foulard aux cou-
leurs resplendissantes et le gilet aux boutons d'argent.
J'étais vêtu simplement, mais proprement, et je re-

marquai que sur notre passage, si les salutations s'a-
dressaient à moi, les regards étaient pour le gilet et
le brillant foulard de mon camarade.

Le bon recteur nous attendait : les visites et la toi-
lette de Hugon avaient causé un retard de plus d'un
quart d'heure.

— Ah! Paul, me dit-il en riant, je croyais que tu
serais plus exact au dîner que tu ne l'étais au ca-
téchisme.

Il fut distrait par les profondes salutations de
Hugon.

— Voilà ton ami ? me demanda le recteur ; eh bien!
vous serez aussi le mien. Allons, allons, un dîner
peut se faire attendre, mais il ne faut pas faire attendre le dîner.

La cordialité et la simplicité du recteur mirent
Hugon à son aise. Invité à raconter nos aventures, il
s'en tira en courant, comme il le dit lui-même, des
bordées à bâbord et à tribord. Il fit venir plus d'une
fois le sourire sur les lèvres de notre vénérable hôte.
Il est certain que Hugon avait un talent pour raconter, tout parfumé d'eau salée, et marqué au coin de
cette exagération naturelle aux hommes qui ont passé
leur vie entre deux infinis, le ciel et l'eau.

Lorsque le dîner fut terminé, le recteur prit un air
grave et me dit :

— Depuis que tu as quitté la maison paternelle, ton
existence a été comme celle de l'élément sur lequel tu
l'as passée, très agitée, très bouleversée et fréquenté
aux coups de vent, comme vous le dites, vous autres
marins; tu es jeune, dans une grande aisance, et tu
as encore devant toi un assez long avenir. Ne serait-il
pas raisonnable de te créer une vie plus calme et
moins exposée que celle du marin?

— Monsieur le recteur, lui répondis-je, mon intention est d'offrir mes services à mon pays. La France est en guerre avec l'Angleterre, je puis me rendre utile.

— J'y ai pensé, Paul, et mûrement réfléchi. Voici les inconvénients que j'y entrevois. A un âge où les autres sont encore dans les grades inférieurs, grâce aux circonstances tu as obtenu un commandement. L'expérience t'a prouvé que tu le méritais, et tu as la conscience de ta valeur personnelle. Si tu veux entrer dans la marine royale, tes services à l'étranger compteront pour rien; il faudra, à ton âge, devenir aspirant de marine, conquérir péniblement les autres grades. Pourras-tu, du commandement, passer à la soumission passive? Je connais ton caractère; non, Paul, tu ne le pourrais pas. Si ton père est parvenu, après de longs et brillants services, au grade de capitaine de vaisseau, il le dut plus au service rendu à un contre-amiral, dont il sauva l'honneur, qu'à ses services. Pierre Mahé a eu une pareille chance, et il m'a avoué que sans elle il serait encore lieutenant. Réfléchis à tout cela, Paul; c'est un vieil ami de ta famille qui te conseille, c'est presque un second père. Quant à vous, Hugon, vous avez donné assez de votre existence à la mer; votre position parmi nous peut être paisible et honorable.

— Ce que vous venez de dire à mon commandant (il n'avait pas perdu l'habitude de me désigner ainsi), monsieur le recteur, me paraît raisonnable et juste comme un coup de canon bien pointé. Si le commandant suit vos conseils, et il fera bien, car vous êtes un homme sage, je vais lui proposer une petite consolation. Il achètera un joli petit brick, il l'armera comme il sait armer un navire, une trentaine de bons gaillards comme moi composeront l'équipage; le roi nous donnera bien, puisque nous sommes en guerre, l'autorisation de chasser de nos côtes les mouches anglaises qui s'en approchent de trop près. Par ainsi, il restera commandant, moi sous lui, et vous en entendrez parler, monsieur le recteur, foi de Hugon! Avec ça que nous servirons toujours notre pavillon.

Le conseil de Hugon me sourit, les paroles du bon recteur m'avaient ébranlé; quand je sortis de la cure, un nouveau plan s'élaborait dans ma tête. Avec un brick bien armé, comme le disait Hugon, je pouvais obtenir une lettre de marque, servir la France sur les côtes de Bretagne et conserver mon indépendance en suivant mes inclinations naturelles, puisqu'elles étaient héréditaires. Je pris possession de la maison paternelle, réglai mes affaires, et attendis tranquillement les événements.

Le bon vieux recteur s'occupa de mon camarade Hugon; il lui fit contracter un honnête mariage, et le fixa ainsi auprès de nous.

Ma vie devint sérieuse. Les études mathématiques furent reprises; je refis mon éducation. et cet emploi du temps me devint d'autant plus agréable que je passais chaque jour plusieurs heures avec mon vénérable ami le recteur, qui me continuait ses bons conseils et ses encouragements. Hugon, admis à cette intimité, changea tellement ses habitudes, et jusqu'à son langage, qu'il était devenu un tout autre homme. Cependant, il disait de temps en temps un mot au sujet du petit brick armé.

Les événements politiques vinrent changer tous nos projets. Nous étions vers la fin de l'année 1789. Il y avait de l'agitation dans les esprits, même dans l'air. Notre pauvre marine, presque oubliée, sortait péniblement de nos ports; nos navires marchands étaient capturés par les Anglais. Je résolus de reprendre du service. Mes démarches restèrent sans réponse. Je sollicitai une carte da course : on garda le même silence. C'est qu'un épouvantable drame se préparait et qu'il captivait toutes les attentions. Nous apprîmes, coup sur coup, des nouvelles foudroyantes, et passâmes plus d'une année par des transes impossibles à décrire.

Que dirai-je ? Bientôt je ne sus plus ce qui adviendrait de notre France, et partageai toutes les inquiétudes de mon vieil ami. Un soir, il me fit prier de l'aller trouver.

— Landren, me dit-il, il faut que je vous révèle ce que je vous ai tû jusqu'ici : il m'est impossible de rester plus longtemps en France ; j'ai fait tous mes préparatifs pour passer à l'étranger.

Cette ouverture me surprit. Ce qu'il ajouta justifia cette mesure à mes yeux.

— Que puis-je faire ? lui demandai-je.

— Vous êtes suspect, Landren, parce que vous me fréquentez, mais Hugon ne l'est point ; il s'est livré tout entier aux idées nouvelles. Il peut seconder mon projet, mais il n'y a que vous qui ayez sur lui assez d'influence pour l'y décider. Je voudrais être transporté à Jersey.

J'allai trouver Hugon et je lui communiquai ce projet : il resta longtemps muet, et réfléchit.

— Ce que vous me demandez, commandant, me compromettra beaucoup ; mais je vous obéis et je rends service à un homme que je vénère. Je le ferai.

La nuit suivante, il prit dans sa barque pontée le recteur et trois autres personnages, qui s'étaient rendus isolément sur un point de la côte. Ses réponses au qui-va-là des douaniers et des gardes-côtes éloignèrent les soupçons. Il débarqua sains et saufs ses passagers dans l'île de Jersey, et revint à la côte avec une charge de poissons.

Quoique je n'eusse aucune relation, j'étois pourtant

signalé comme suspect. Je ne cherchai point à gagner la confiance populaire. Je me renfermai chez moi, me livrai plus ardemment à l'étude et au jardinage, et, grâce au soin que j'avais pris de m'effacer, à la protection de Hugon, qui avait chaleureusement embrassé la cause nouvelle, je traversai, non en paix, la terrible époque qui a fourni de si déplorables pages à notre histoire; mais j'en fus quitte pour les anxiétés. Dégoûté des hommes et des choses, je me suis de plus en plus renfermé en moi-même, et j'atteignis l'époque plus paisible où l'on put vivre à l'abri des lois, quand on ne veut ni les enfreindre ni chercher à les détruire. Mon seul but de promenade était la côte; mon seul spectacle était l'Océan, et, quand je voyais soulever ses flots, aux jours de sa fureur, je me disais que la terre ferme a aussi ses tempêtes, mais que celles de l'Océan sont précédées de signes qui les font prévoir et les annoncent, tandis que celles de la terre ferme vous surprennent et vous saisissent à l'improviste.

J'espère que je serai le premier Landren, depuis bien des années, qui n'aura pas eu l'Océan pour tombeau.

FIN DU CAPITAINE LANDREN.

SCIENCES, INDUSTRIE ET MOEURS DES CHINOIS (1).

Extérieurement, les Chinois sont tout au rebours de nous; ni nos goûts, ni nos mœurs, ni nos idées, ne ressemblent aux leurs. C'est en tout le contraste le plus extrême. L'excessif embonpoint est chez eux une beauté; ils admirent et prisent surtout la rare élégance d'un abdomen proéminent; des souliers fins sont ceux dont la semelle a deux pouces d'épaisseur; on garde le bonnet sur la tête en signe de respect, devant le supérieur, qui reste tête nue en signe de supériorité; la place d'honneur est à gauche; les habits de deuil sont blancs; la profession des armes est méprisée; le plus beau cadeau qu'un ami puisse faire à un ami, c'est un cercueil. Cette opposition est surtout manifeste dans le langage. Un Français, pour faire une période chinoise, n'a qu'à prendre le contre-pied de sa manière de parler. Que la phrase soit longue ou courte, le Chinois commence par où nous devons naturellement finir, et finit ordinairement par où nous commençons.

Au fond, ces hommes, trop vantés par quelques prétendus savants d'Europe, ne sont que des enfants lâches et corrompus. Lorsqu'on les voit de près, leur civilisation, tant admirée par l'imbécile philosophie qui prétendait l'opposer à la civilisation chrétienne, fait pitié, même aux plus sots ennemis du christia-

(1) Extrait de l'*Album des Voyages.*

nisme. Leur agriculture est routinière et immensément inférieure à celle de l'Europe; leur industrie également. Les bons ouvriers sont ceux q i ont été formés à Canton par les Européens; ils excellent surtout dans les colifichets et ouvrages de patience; hors de Canton, ils ne savent pas faire une serrure. C'est à Canton que s'achèvent les riens que nous achetons à grand prix. Leurs porcelaines et leurs soieries, à part la matière, sont loin d'égaler les produits de Sèvres ou de Limoges, et de Lyon. Eux-mêmes en jugent ainsi, et ils achètent fort bien des ballots de soieries chinoises que leur expédie tous les ans la manufacture de Faverges, en Savoie, qui n'égale certes pas les grandes fabriques lyonnaises. La littérature, la philosophie, sont au même niveau que le reste. Les *ouen-tchang*, compositions de rhétorique auxquelles s'exercent quinze à vingt ans leurs lettrés, sont un amas informe de vaines pensées. Les auteurs s'occupent surtout de flatter l'oreille par un murmure de paroles vides. Dans les livres de philosophie, on trouve, sous les formules les plus vagues et les plus obscures, tantôt le panthéisme indien, tantôt l'athéisme absolu, tantôt l'idolâtrie vulgaire, et souvent le tout à la fois; mais toujours le froid le plus glacial et l'ennui le plus pesant. Les médecins valent les rhéteurs, les philosophes et les poètes : ils n'ont point de traditions, point de doctrine, mais seulement des recettes, dont quelques-unes excellentes, qu'ils appliquent avec le pédantisme et la gravité de nos docteurs de comédie. Le chirurgien a des cataplasmes et quelques onguents; il ne connaît ni la saignée ni les sangsues, et se contente, au besoin, de râcler fortement la peau du malade avec une pièce de monnaie. Les fonctions publiques se donnent au concours, il est vrai; seulement il faut l'entendre : celui qui l'emporte n'est pas le plus savant; c'est le plus offrant. La justice se distribue comme les emplois : on juge tous les crimes; mais l'argent les efface tous. Si l'accusé se présente les mains vides, la torture l'oblige à se déclarer coupable. *Tu ne m'as pas soldé*, dit le mandarin, *tu n'as pas la parole.*

Quelles peuvent être les mœurs? Saint Paul les a décrites en peignant celles des sages du paganisme : c'est tout dire. Rien n'est plus fréquent que l'infanticide. L'usage d'exposer les enfants dans les rues et sur les chemins a prévalu à tel point que le gouvernement est obligé de le tolérer. Nous n'avons pas besoin de dire que ce sont ces crimes multipliés qui ont donné naissance à l'œuvre admirable de la *Sainte-Enfance.*

En Chine, comme dans tout l'Orient, au milieu de l'égoïsme et de la corruption, on trouve un reste de mœurs antiques et un reflet de la simplicité patriarcale. C'est surtout au fond des campagnes que cette simplicité se rencontre.

Le négoce est la principale et presque l'unique aptitude de cette nation dégradée, l'orgueil est son caractère le plus marquant, mais un orgueil aussi lâche qu'imbécile et féroce. On l'a vu surabondamment dans la guerre des Anglais, qui, grâce à la poltronnerie des Chinois, ne fut, de l'aveu des Anglais eux-mêmes, qu'une pure comédie. Quand les Anglais, se trouvant en vue d'une jonque de guerre, lui lançaient une fusée, aussitôt matelots, soldats, mandarins, se jetaient à la mer pour gagner le bord à la nage.

A Macao, sous les yeux de plusieurs missionnaires, un bateau à vapeur descendit à terre une ou deux pièces de canon pour débusquer deux mille soldats chinois rangés en bataille, et qui semblaient attendre de pied ferme. On tira un coup à boulet qui coupa un

Chinois par le milieu du corps. Ces braves n'y tin-
rent plus; il fallait les voir s'enfuir à toutes jambes,
et, pour courir plus vite, jeter là sabres et fusils, tous
sans exception, même le grand mandarin, gouverneur
de la province de Canton et plénipotentiaire. Les
Anglais les poursuivirent; mais plus personne, sauf
quelques canonniers que, pour renforcer leur courage,
le grand mandarin avait fait lier prudemment à leurs
pièces.

Ces pièces, dont les Chinois savent, dit-on, se servir depuis deux mille ans, sont dans un tel état, et
sont servies de telle sorte, qu'il leur faut une heure
d'intervalle pour tirer un second coup du même canon, masse énorme qui recule à plus de vingt pas,
et tue souvent le canonnier. Quand ils auraient le
courage et le patriotisme qu'ils n'ont pas, que pour-
raient-ils faire contre l'artillerie européenne? On assure que mille ou cinq cents grenadiers français
pourraient enlever l'empereur au fond de son immense palais de Pékin et lui faire traverser toute la
Chine. Cependant la garde impériale se compose de
quatre cent quatre-vingt mille hommes toujours ré-
sidant à Pékin; mais on sait depuis longtemps qu'ils
ne résident que sur le papier. Sa Majesté Céleste est
peut-être seule à l'ignorer. Ce pauvre homme est le
premier prisonnier de l'empire. Suivant l'étiquete
chinoise, il ne peut communiquer avec ses sujets que
par ses grands mandarins, et il est le misérable jouet
de cette tourbe ignoble, cupide et corrompue au-delà
de tout ce que l'on peut dire. En 1842, il croyait posséder une escadre de 23 jonques armées en guerre,
dans le grand golfe de Pékin; c'est l'état ordinaire de
la marine impériale dans ces parages. Il voulut opposer cette escadre aux Anglais; et quelle ne fut pas
son indignation lorsqu'il apprit qu'il n'y avait d'au-

tre escadre à flot que la carcasse démâtée d'une jonque pourrie? Les Chinois ne s'en croyaient pas moins
invincibles, ne pouvant comprendre comment des
barbares occidentaux osaient se révolter contre le *fils du*
ciel. Un mandarin jurait à l'empereur, sur son honneur, qu'il lui enverrait dans une cage de fer la tête
des chefs de l'expédition anglaise. Tao-Kang (c'est le
nom du fils du ciel) se fâcha fort contre ce mandarin;
il lui ordonna d'envoyer les barbares dans des cages
de bois, et en vie. Il voulait sans doute les hacher
vifs, par morceaux, dans ses moments de récréation.
Ce fut ainsi qu'il dépeça un roi Tartare amené de
Pékin, en 1828, par une insigne perfidie. Lorsqu'il
connut ses désastres, et il ne les connut pas tout entiers, son orgueil éprouva une humiliation dont il ne
se relèvera jamais. Les Mantchoux, non moins étonnés
que leur glorieux maître, disaient à Mgr Verrolles :
« Grand bisaïeul, c'est la première fois que cela nous
arrive. — Consolez-vous, leur répondit le prélat; ce
ne sera pas la dernière. » En effet, le canon anglais a
ouvert les portes de la Chine, elles ne se refermeront
plus.

FIN.

TABLE.

—

FIN DE LA TABLE.

Limoges. — Imp. EUGÈNE ARDANT et Cⁱᵉ.

www.ingramcontent.com/pod-product-compliance
Lightning Source LLC
Chambersburg PA
CBHW070758280626
47162CB00016B/1538